あゆみ

見えない・見えにくい子どもたちを育てる方へのメッセージ

視覚障がい乳幼児研究会 監修

二瓶社

はじめに

見ることに不自由さのある子どもたちの様々な出来事が、この本の中に収められています。それは子どもが成長する物語であるとともに、お母さんやお父さん、兄弟姉妹、おばあさんやおじいさんたちの家族の物語でもあります。この本に収められている話は、ささやかな物語だと思われるかもしれませんが、個性豊かな子どもたち、その家族の皆さま、福祉や支援教育や医療での関わりを持った人たちにとっては、忘れることのできないとても大切な物語です。そうした事例が少なくなりつつある今日では、ここに書かれた物語は貴重だと言えます。事例を踏まえて、これまでの教育にとどまることなく、新しいアイデアを加えた新しい取り組みにつなげることが必要になるでしょう。この本が、見ることに不自由さのある子どもたちの家族や、教育や支援に関わる皆さまのお役に立つことを私たちは願っています。

この本は視覚障がい乳幼児研究会が出版しました。視覚障がい乳幼児研究会は、視覚に障がいのある子どもたちの未来に灯がともることを願った人々が、1979年に第1回の研究大会を開催し、それ以降今日まで、この領域に関わる専門家や保護者の知識を共有し、新しいアイデアを示す場として機能してきました。また、保護者の子育て体験発表を通じて、福祉や教育の専門家の方々に、保護者の声を届ける試みも続けてきました。見ることの不自由な子どもたちへの指導の経験や知識を、子育てや就学でお困りの保護者の方々への支援に、いっそう生かしたいと願っています。

見ることに不自由さのある子どもの数は少なく、子育てのための情報が入手しにくくなっています。多くの保護者の方が「どのように子育てすれば良いのだろう」という不安をお持ちです。私たちもその保護者の方々の不安をいつも感じています。そこで、そうした情報を提供する方法のひとつとして、この本を作ることにしました。

この本の作成にご協力くださった保護者の方々には、本当に感謝しています。皆さまが貴重な体験を残してくださることが、子育てに向き合う次世代の人たちの力になると信じています。私たちは、保護者の皆さまが、この本に書かれた体験に目を通していただけることを願っています。また、経験豊かな専門家からのアドバイスを、育児に活かしていただけることも願っています。保護者の方々の励ましの言葉と、子どもたちにとっての良い環境が作られることで、見えにくい世界の中でも子どもたちが十分な力を伸ばせるようになると信じています。

有意義な出会いがこの本を通じて生まれることを願っています。

２０２０年１２月１日

視覚障がい乳幼児研究会会長

大阪教育大学　教授　山本利和

目次

あゆみ ── 見えない・見えにくい子どもたちを育てる方へのメッセージ ──

1

稲葉 貢 さん

1. 長男 玄也誕生

私には、３人の息子がいます。長男玄也、次男雄也、三男潤也です。

玄也は３７２２ｇもある大きな赤ちゃんでした。初産でそれだけ大きかったので難産で、すぐに産声をあげなかったため看護師さんに逆さにされ、お尻を叩かれていました。その後、大きな声で「おぎゃあ」と泣いてくれたのでひと安心。その後は特に何事もなくすくすくと大きくなりました。玄也の目に異変を感じたのは生後2カ月頃です。瞳孔が開いたままで、眼球を覗くと瞳孔の奥が透けて眼底まで見えるような感じでした。同時期に生まれた赤ちゃんは少しずつ目で物を追ったり、お母さんの顔をじっと見るような表情をするようになっているのに、玄也はずっとボーッとした表情で昼夜は逆転し、昼間周りがざわざわ騒がしいと安心したようにスヤスヤと眠り続け、夜、静かになると、とにかくずっと泣き続けるのです。

心の中にモヤモヤとした不安は目覚め始めていましたが、「ちょっと他の子より発達が遅いのかな……まさか、うちの子に限って何か病気とかじゃないよね」と、考えないようにしていました。生後2カ月を過ぎた頃、風邪をひき近所の小児科を受診しました。医師に、「この子の目、何かおかしくないですか?」と聞いてみたところ、「大丈夫でしょう。初めてのお子さんはお母さんが心配性になるから」との答えでした。「ああ、なんだ。やっぱり私の思い過ごしだったんだ」と、胸を撫で下ろし帰ろうとした私に、「すぐに眼科のある大きな病院に行って診てもらった方がいいですよ」と、年配の看護師さんが言いました。

翌日、早速近くの市民病院の眼科を受診しました。診断は「こんな目を見るのは、初めてです。紹介状を書くので、大学病院を受診してください。ひとつだけ言えることは、お子さんの目は見えていません」でした。何を言われたのか理解できない状態で、ただただ涙が止まらなかったのを覚えています。病院からどうやって帰ったのか記憶も無く、仕事中だった主人には電話で伝えました。

その翌日は主人と義母、私の母親にも付き添ってもらい大学病院へ行きました。朝一番に行ったのに呼ばれたのは午後を少し回っていて、とにかく時間が長く感じられました。大学病院の診断は網膜芽細胞腫。「眼球の癌で、脳へ転移する可能性があるので、両眼とも早急に摘出しましょう」というお話でした。目の前が真っ白になりました。つい2カ月前は我が子誕生にはしゃいでいたのに。「なんで？　なんでうちの子なの？　私が何か悪いことした？　嘘やよね？」とパニックになり、「夢であってほしい。誰か助けて」と、現実から逃げたい衝動に駆られました。母は私に、「もう母親なんやから、あんたがしっかりしてこの子を育てていかんとあかんのやで。泣いてばっかりおったらあかん」と言いました。私も主人もそのときまだ23歳で、明日からどうしていけばいいのか分からず、途方に暮れるしかありませんでした。そして、翌日から検査入院。

大学病院で入院中、最初は若い医師が担当だったのが、中年の医師に代わり、最終的には年配の医師に診てもらうことになりました。検査のときは親は部屋から出されるのですが、代わりに若い学生の方がぞろぞろと部屋に入って行くので、なんだか見せ物にされているような嫌な気分になりました。

1週間ほどの検査入院の結果、病名は第一次硝子体過形成遺残という珍しい病気で、癌ではありませんでした。眼球の成長が胎児のままで止まってしまっていて、網膜も角膜も形成される途中のままで硝子体に浮かんでいる状態とのことでした。

東京の国立病院を紹介され、浮かんでいる網膜と角膜を取る手術をすることになったのですが、その時点では、手術をすれば見えるようになるだろうと思い、ホッと安心していました。

その頃の私は、近所で自転車に乗っている子を見ては泣き、キャッチボールしている親子を見ては泣きました。「ああ、うちの子は大きくなっても自転車にも乗れないし、ボールを投げたり受けたりすることもできないんだ」と決めて、とにかく泣いてばかりいました。仕事に行く主人に、「普通に仕事行って、それでも父親？悲しくないの？」と、責めたりもしました。そのとき主人は、「俺もお前と一緒に泣いていたら、この子の目が見えるようになるんか？　違うやろ？　目が見えんのやったら、余計お金もかかるかもしれへん。それならどんなに辛くても俺は仕事して稼がなあかん」と、言いました。

母親から言われた言葉、主人から言われた言葉で、やっと「私もこのままじゃだめだ。私がしっかりしないと、目の見えないこの子を育てていけない。明日から、泣かずに笑ってこの子を育てていこう」と、前を向くことができました。

それでも、手術さえすればいつか見えるようになると思い込んでいた私は、検診の度に「先生、いくつくらいになったら見えますか？　何か、薬とか治療とかないですか？」と、そんなことばかり尋ねるので、医師からとうとう「お母さん、そろそろ目が見えないという事実を受け入れてください。これからは、目が見えないのなら、どういうふうに育てていくのがお子さんのためになるのかを考えてあげてください」と言われました。

紹介された、盲乳幼児の教室『希望教室』へ行って教えてもらったり、図書館に行って本を読んで勉強したりしながら、とにかくいろんなものを触らせること、いろんなことを体験させるように心がけました。

散歩に行っては草や花を触らせ、アスファルトや土の違いも触らせました。動物園に行っては乗馬体験をし、触れ合える動物には触れ合うようにし、動物の匂いも嗅がせました。スーパーではなく八百屋や魚屋に行って、事情を話して触らせてもらえるものはいろいろ触らせてもらいました。色は分からなくても、「今日はすごくいい天気で、空は真っ青やよ。雨が降りそうなってきたから、空にはどんより黒っぽい雨雲が出てきたよ。夕日が沈みそうで、空が真っ赤で綺麗やよ」と、とにかく私の目に見えるものすべてを実況することにしました。それを聞いてる玄也は、とても嬉しそうに聞いていました。

すると、「これは何色？」「これはどうなってるの？」と、いろいろなことに興味を持ち、質問してくるようになりました。寝るときはできるだけ絵本を読み聞かせするようにし、縄跳びや自転車にも挑戦しました。とにかく周りの同年代の子たちと同じことができるようにと心がけ、目の見える子たちより習得に時間がかかるので、早め早めに取り組んで、他の子たちと同学年で何でもできるようになるよう努力しました。

2歳児から地域の保育所に通いだし、保育所では友だちもたくさんできました。3歳児からは盲学校の幼稚部にも通い始めました。

5歳のときに引っ越したので、親子で緊張しながら近所の公園で公園デビュー。玄也がひとりで滑り台で遊んでいるのを少し離れたベンチで見ていると、近くで遊んでいた男の子たちが寄ってきました。「よしよし、うまく仲良くなれるかな」と、ドキドキしながら見ていたら、ひとりの子が、「こいつの目おかしい。化け物や」と言って石を投げたのです。ショックでした。私はただ「やめて、やめて」と泣く玄也の手を引きながら、無言で帰ることしかできませんでした。その夜は悔しくて悲しくて声をあげて泣きました。けれど、「このままじゃダメだ。母として全然強くなってない」と、自分のことを情けなく思い、次の日また公園に行き、昨日の男の子を探し、「病気で目が見えないだけで他はみんなと同じやよ。目が見えないっていうのは目をつぶってるみたいな感じ」と、子どもたちに分かるよう説明しました。すると「ふ〜ん、そうなんや」と、意外にあっけなく理解してくれ、仲間に入れてくれました。これから先、この子は何度もこんなことを言われたりするだろう。だけど、くじけたり諦めたりしないでほしい。逃げていても何も解決しないんだと分かりました。そのためには、まず私がもっと強くならなくては、と改めて決心したときでした。

2. 次男 雄也誕生

玄也が1歳半の時に弟が生まれました。生後すぐに眼科で眼底検査をしてもらい、何の異常もないことが分かり、安心しました。

雄也はとにかく優しい子で、玄也が困っていそうなことを見つけると、進んでお手伝いしていました。移動するときはさっと手を繋ぎ、落とした物は拾ってあげ、テレビを見ているときは私に代わって実況中継してあげていました。「ああ、兄弟っていいなあ。助かるなあ」なんて思っていた私に幼稚部の先生は、「障がいのある子には親は必要以上に手をかけるけど、その兄弟はかまってもらえないことを我慢していることが多いから、兄弟のことをよく見てあげて」と、言いました。ある日、3人で外を歩いているときに、片手に玄也の手を引き、もう片方の手で雄也の手を繋ごうとしたところ、「ゆう君はひとりでも歩けるよ。玄にいの手をつないであげて」と言いました。小さいながらに気を遣って生きているのだと思いました。それからは弟の雄也の話をよく聞いてあげるように心がけました。

雄也は1歳児から保育所に入所していました。自宅から盲学校までは遠く、片道1時間半程かかるので、雄也はいつも保育所一番乗りです。ある日、いつものように雄也を保育所へ送り、そのまま玄也と盲学校へ向かおうとすると、雄也が大泣きして行かせてくれません。理由を尋ねると、「母ちゃんと玄にいは、ふたりで一緒にどこに行ってるの？　ゆう君も行きたい」と言いました。「なるほど。いつも不安に思っていたんだ。よし。今日は保育所お休みして、一緒に盲学校へ行こう！」と思い、盲学校へ連れて行くことにしました。その日は雄也も幼稚部の仲間に入れてもらい、1日ご機嫌で楽しみました。すると次の日から、「母ちゃん、玄にい、盲学校行ってらっしゃい」と、笑顔で保育所に行くようになりました。

雄也が小学3年生の頃、突然、「玄にいの目、見えてたらよかったのに」と言うので、ギクリとしました。「学校でなんか言われたん？　いじめられたりしてない？」と慌てて聞く私に、雄也は笑顔で、「ないない。みんな、げんや君の弟なん？　すっげえ。とか、玄にいの学年の子からも声かけられて、なんか得した気分」「いやあ、玄にいの目が見えてたら対戦ゲーム一緒にできるな、と思って言うただけやで」と答えたのでホッとしたのですが、雄也が大きくなってからのちにこの日の話が出たとき、私が涙目で「学校でなんか言われたん？」と、みるみる顔色が曇っていくので、子ども心に「なにかすごく悪いことを言ったのだと思い焦った」と言っていました。

それを聞いたときも、「子どもにこんな気を遣わせてたなんて、まだまだダメな母親だなあ」と、またまた反省しました。

3．三男 潤也誕生

玄也が小学1年の夏休み、三男の潤也が生まれました。

主人も私も結婚する前から子どもは3人欲しかったので、待望の赤ちゃん誕生です。玄也も雄也もすごく喜んでくれ、「かわいい、かわいい」と取り合いです。子どもたちが大きくなったとき、玄也を支えてくれる兄弟はたくさんいるほうがいい、というふうにも考えていました。

潤也を産んだ翌日の授乳のときに、ふと潤也の目の中を覗いてみました。サッと血の気が引くのが自分でも分かりました。瞳孔が開いたままで、眼底が見えるのです。玄也が赤ちゃんのときと同じ目をしていました。

あまりのショックでその日から母乳は止まってしまい、私からはまた笑顔が消えました。出産の祝いに来てくれる友だちに、笑おうと思っても笑えないのです。赤ちゃん誕生を無邪気に喜んでいる玄也と雄也にもなかなか話せませんでした。夜眠っていると、夢を見て何度もハッと目が覚めます。「赤ちゃんの目も見えない」と、お医者さんに言われたときの夢です。目覚めたときに、「ああ夢か」とホッとして、横でスヤスヤ眠ってる潤也の顔を見て、「ああ、夢じゃなかったんだ」と、現実に引き戻されます。当時、何度も同じ夢を見ました。

「どうしよう……どうしたらいいんやろう。目の見えない子をふたりも育てていけるんやろか」と、不安に押し潰されそうでした。

潤也の目も見えないことを、周りや息子たちに話せないまま何カ月か過ぎてしまいましたが、思い切って子どもたちに話しました。すると玄也は、「ふ〜ん、じゅん君も見えへんのや。げんやと同じじゃな。家族に仲間が増えた」と笑いました。雄也は、「わあ、ゆう君だけ仲間はずれや」と笑いました。悩んで泣いてばかりいるのは、また私だけでした。子どもたちはこんなに強く育ってる。目が見えなくたって明るく元気です。それだけで十分幸せだ。大丈夫。きっと育てていける。今度こそ、もう泣かない。強い母親になろう！　そう思いました。

ふたりは同じ全盲ですが、性格は正反対です。玄也は石橋を叩いて渡る慎重派。潤也は橋からいったん落ちて這い上がってくるような行動派でした。ブランコは空まで飛んでいくんじゃないかというくらい大きくこぎ、滑り台は頭から滑ったり、ジェットコースターは両手を離して大声で笑うような活発な子どもでした。

進路も大きく違いました。玄也は幼稚部から小学部まで大阪府立盲学校で学び、中学部から高等部までは筑波の盲学校へ行き寮生活を送りました。その後は理療科で鍼灸の資格を取り、今は理療の道へ進んでいます。

潤也はというと、地域の保育所から地域の小学校、中学校へ通い、3歳からピアノ、小学3年生からドラム教室にも通い、音楽好きな男の子でした。中学生になってからは水泳と出合い、今は障がい者水泳の道へ進もうと頑張っています。

進路を決めるときはその都度とても悩みましたが、子どもの性格や周りの環境を見ながら、個人個人の個性を活かせるように決めていくしかないと思います。そして決めたからには、その道が一番最善な道だと信じて進んでいくべきだと思います。

目が見えないと分かったときは不安で不安で、ひとりでは何もできないんだと思っていた息子たちが、今、自分の目標を見つけて自分の足で進んでいます。私よりうんと背も大きくなって、できないことは工夫して何でも自分でできるようになっています。

「いつか、医学が発達したら、全盲の人なんていない世の中になってるかもよ。目が見える義眼とか発明されるかも」と私が言うと、ふたりとも「いらん、いらん。自分たちは見えない世界で快適に生きてるねん。目の見えてる人は全盲の人のことを不便と思うかもしれんけど、最初から見えない世界しか知らん自分たちは、これが普通の世界や」と、笑って言いました。この先、辛いことや悔しいことにまた出合うかもしれないけれど、きっとこの子たちなら大丈夫、と今は安心して息子たちを見守っています。

我が子に障がいがあったことで私自身が強くなれました。それにたくさんの人たちと出会うことができました。マイナスのことばかり考えて悩んでいるより、プラスのことを見つけて、これからも息子たちと明るく元気に頑張っていきたいと思います。

佳

2

今泉 梨香 さん

夏も終わりかけたある朝。生後3カ月、目覚めた我が子の目に大量の目ヤニがついていたため、慌てて近所の眼科へ連れて行きました。結膜炎か何かで、目薬をもらえば治るかな、くらいに考えていました。

診察中に先生が「この子見えてないよ、お母さん」と、言われました。

私「まだ生まれて間もないからですかね?」

先生「小眼球だね」

私「治りますよね??」

先生「全盲だよ。生まれたところで何も言われなかった?」

私はその日の記憶があまりありません。紹介された小児眼科の名医に連絡を取り、主人と親族に連絡し、息子とふたり、電気もつけず夜まで過ごしました。どうせ電気つけてもわかんないのか。なんでおっぱいの場所はわかるんだろう。この子を育てられるのだろうか。流産すればよかったのに。私の人生は終わったな。

時間が経てば経つほど、初めての赤ちゃんとの幸せな時間が、不幸への入り口に変わっていくような気がしました。こうして人間は病むんだなあと客観的に見られるぐらい、数時間のうちに変化していく自分を感じていました。

その後、家族や親族に励まされたり悲しまれたりしましたが、息子と過ごすのは私だけ。そして、育児に加えて病院巡りの日々。病院に行っても良くなることはなく、見えないことの立証と、他に重複して障がいがないかを確認する検査の日々でした。療育的なアドバイスはなく、「普通の子と同じように育てれば良い」と言われるだけでした。普通の子育てもしたことのない私に、全盲の子どもを普通に育てるという想像はできませんでした。正直、私は息子のことを知れば知るほど、全盲と告げられたあの夕方の絶望感を思い出すだけで、この子のために頑張れることがあるのかすら考えられませんでした。その日その日を過ごすことで精一杯でした。

6カ月になる頃に見たテレビ番組で、息子と同じ病名の男の子が有名な音楽コンクールで優勝したことが取り上げられていました。すぐにその方のお母さんの著書を読み、神奈川ライトセンターと筑波大学附属視覚特別支援学校の存在を知り、連絡を取って見学に行きました。同時期に、近所にある横浜訓盲学院にも相談に行きました。そこで初めて視覚障がい児教育というものがあることを知りました。同じ障がいのお友だちにも会うことができました。

全盲の息子にも未来がある、教育もできる。遊べる。友だちもできる。好きなことも嫌いなこともある。思い返せばおかしなことですが、当時の私には、息子のこんな些細な可能性すら見えていませんでした。乳幼児期にもできることがあることを教えていただきましたし、先輩お母さんから苦労話や我が子と似たような成長だったことなども聞くことができました。何より嬉しかったのは、全盲の息子をみんなが愛してくれたことでした。かわいそう、という眼差しで見ることなく可愛がってくれました。

それまでは、地域の幼児学級に行っても、検診に行っても、義眼を装用している息子の目がひっくり返ったり、白目になるので、言葉では言われないものの、一線を引かれているのは感じていました。息子を「あっくん」と息子の名前を呼んで可愛がってくれる人はいませんでした。私も、自分の子だから私が見ていないと、とずっと思っていました。それだけに、「あっくん、遊ぼう」と私の手からあっくんを受け取り、あっくんと遊んでくれる人がいることに感動しました。

いままで将来を想像できなかったのですが、ある方に「みんなで育てましょう」と言われたとき、私の中であっくんの子育ての目標ができました。

可愛がられる人間になること。
楽しいことをたくさん知ること。
感謝の気持ちを持ってニコニコしていること。

あっくんは3歳過ぎるまでひとりでは歩けませんでしたが、幼稚園に入るまでは、ほとんど毎日のように、あっくんを連れて出かけました。電車やバスにもたくさん乗せました。見えてないことは気にせず、美術館や博物館にも行きました。自分で座ることができなくても、歩くことができなくても、公園にもたくさん行きました。

あっくんにたくさんの世界を感じてほしい。ひとりでブツブツとあっくんに話しかけながら、私の感じている世界を伝える毎日でした。音楽が好きだったり、気に入ったオルゴールを見つけたり、ブランコが大好きで1時間でも乗っていられたり、表情などで少しずつあっくんの好みがわかるようになりました。

辛いことも多かったです。変な目で見られることはしょっちゅう。「キチガイだ」「バスに乗るな！」「こんな子外に出すな！」など心無い言葉を浴びせられることもありました。

そんな時、2人目を妊娠しました。素直には喜べませんでした。五体満足の子どもを産む自信がありませんでした。そんな私を支えてくれたのは、神奈川ライトセンターのひよこ教室　教育相談の先生方やお友だちでした。実家からも遠く、産後の手伝いも頼める状況でなかったなか、本当に助けていただきました。産後1カ月から下の子どもと一緒に教室へ通いました。先生方はあっくんの歩行の練習に何時間も付き合ってくださいました。お散歩にも一緒に出かけてくれました。

あっくんが幸運だったのは、行政からの援助を受けられたことでした。単一盲の障がい児は、発達には支障がないと言われています。しかし、あっくんは3歳まで独歩はできず、支えがないと歩けませんでした。また言葉の発達も遅く、自分の思ったことを伝えることもしませんでした。規約通りであれば子どもがそのような状態であっても、同行援護や移動支援は利用できませんでしたが、支援課の担当の方が、3歳の子どもを抱えている妊婦の私の姿を見かねて、特例で条件付きの支援をしてくれました。もしもあの支援がなかったら、私ひとりでは2人の子育ては無理だったと思います。ちょうど私が出産する頃、あっくんは歩けるようになっていて、ガイドさんの助けも受けながら、たくさんお散歩をして、ぐんぐん歩行が上達しました。

2人の子育ては、私の想像とは違っていました。大変なことより楽しいことが増えました。あっくんへの絶大な影響力を持ったのが、妹の存在でした。誰が教えたわけでもないのに、お兄ちゃんという意識ははっきりとあり、妹ができることはお兄ちゃんもできる。大人が指示しても、頑固で、なかなかやりたがらなかったあっくんに、良い模範ができたのです。妹と一緒にいるだけで成長する日々でした。運動能力も言語も、そして、自立心も心も。

そんなタイミングで、盲学校の幼稚部に入学しました。あっくんが幼稚部を受け入れるまで大変でした。担任は、今まで相談に行っていたときの女性ではなく、男性になりました。あっくんはまず、男性に慣れていません。そして、私以外からもらう食べ物に対する不信感は強く、食事は私以外とはできませんでした。幼稚部では半年間給食を口にすることなく、お腹をすかせて帰ってきていました。それでも先生方は毎日根気強く、食べないあっくんにどうにか食べさせようといろんなことをやってくださいました。そして、幼稚部が終わる頃には、給食で食べられないものはなくなり、自宅でも苦手だったものも克服できるまでに成長しました。

私は母親としてあっくんのことは理解していても、教育者ではないし、視覚障がい児教育のノウハウはありません。私も一緒に学んでいかなければと思い、心配でしたが、見守るだけでした。

あっくんはとても慎重な性格だったため、触って確認することがとても苦手でした。全盲は触ることでものを捉え、理解を深めていく必要があります。そして、手先を使うことで指先の感覚を養い、点字学習へとつながっていきます。しかし、あっくんはなかなか触ろうとはしませんでした。少しずつ言葉が出てきた頃、幼稚部の学習はゆっくり時間をかけて言葉とものを関連付けることから始めていきました。あっくんの理解が納得いくまでゆっくりと。私ひとりでは、あんなに時間をかけて待つことはできなかったと思います。

幼稚部の外では、あっくんの世界を広げるためのひとつとして、水泳を始めました。まずは私が先生から教えてもらい、それをあっくんに教えるという方法でした。地上よりも水の中で動くことのほうが負担も軽くてやりやすかったらしく、健常の子どもたちと同じメニューもこなせるようになり、ひとりで浮くことが大好きなことのひとつになりました。あっくんの中で自信がついたのだと思います。

今まではやれなかったり、イメージがつかめなかったりするとすぐ、「やらない」と拒否していたあっくんですが、今ではどんどん積極的に頑張るようになり、自分から「当番がしたい」「スケートがしたい」など意欲的な言動と行動が増えました。

現在、小学2年生。あっくんは私ひとりで育てたのではないと思っています。あっくんの成長は、私たち親子に対する多くの方々の協力と支えがあってこそと思っています。

今回、子育てに関して執筆を依頼されてとても困りました。私は具体的に「こういう子育てをした」ということが明確にないからです。私自身も支えていただきながら子育てをしています。特に神奈川ライトセンターのひよこ教室では、視覚障がいのある乳幼児の子育ての仕方や、情報の共有の大切さを教えていただきました。

数年前、残念なことにひよこ教室はなくなってしまいました。

　こうした他者の支えの手や乳幼児期にできる遊びを通しての学びの意味を、視覚障がいの乳幼児を持つ親御さんに少しでも届け、輪が広がることで力になればと願い、視覚障がい児の早期教育とその家族を育児相談や勉強会を通じてサポートしていく活動を行う『ひよこの会』という団体を2014年11月に立ち上げました。

見えていると当たり前にできると思っていたことが、見えていないと当たり前ではなかったことや、点字を読んだり、白杖を使って歩き出すまでにはたくさんの積み重ねが必要であることも、視覚障がい児を生んだ瞬間には知らなかったことでした。

　現在、日本では子どもが学校に入るまでの3～6年間、視覚障がい児の育児や教育は私のような一人ひとりの母親に託されます。母親としても未熟な上に、視覚障がいがどんなものかもまったく知らない素人が育てるということは、想像以上に大変なことなのです。障がいを知ったその日から、すぐに支援が始まることが親子で将来のビジョンを描ける方法だと感じました。

母親となって8年たった今でも、まだまだ勉強することばかりです。私の子育ての経験は、皆さんのお役に立つような具体的なものではないかもしれません。でも、ひとつだけ言えることがあります。それは、自宅で子どもとふたりで向き合っていて得たものは、何ひとつないということ。大変ですが、外へ出て多くの人に会い、わかってもらうことからすべてが始まると思います。そして、良い出会いと笑顔が子育ての栄養になることと思います。

3

大井 雅美 さん

ぼくたちはこの地域で生きているんだ

我が家には、高校1年生の和真と佑真という双子の息子がいる。保育園、小・中学校と地域で過ごし、高校受験を経て、地域の府立高校普通科で学んでいる。ふたりとも全盲で、点字や音声教材を使いながら学習している。知的障がいもあり、和真は車いすユーザーでもある。

1．乳児期　保育園との出会い

ふたりは、妊娠7カ月で誕生した。太ももが私の人差し指と同じ太さで、手のひらに収まる小さな命。生命の危機といくつものリスクを乗り越えた。順調に成長し

ていたが、未熟児網膜症による網膜剥離を繰り返し、結果的に全盲となった。
　半年の入院の後に、ようやく自宅で暮らせることになった。私にとって初めての育児が始まった。3カ月も早く生まれた赤ちゃんなので、発達が月齢よりもかなり遅かったし、双子の赤ちゃんを昼間ひとりで育てるには物理的に手が足りなかった。視覚に障がいがあることも、理解はしていたものの、なかなか受容できなかった。すべては自分が未熟児で生んでしまったためだと自分を責め続け、申し訳なさを抱えながら、必死に育児をこなしていた。そんな私の抱える不安や悩みには、

育児書にも専門家にも答えがないことが多く、相談してかえって傷をえぐられた。ネットで出会った遠方のお母さん仲間が大切な存在となった。

1歳になり、視覚障がい乳幼児療育教室に通い始めた。先生はとても丁寧に子どもたちに向き合ってくださったし、私自身も学びがたくさんあった。けれど、子どもふたりに対して母親は私ひとり。半分ずつしか手をかけてあげられなかったし、子どもたちの障がいもまだ受容できていなかった。帰宅してからの気持ちの落ち込みは激しく、自分を責めることが多くなって、徐々に通えなくなってしまった。

精神的にかなり追い詰められていた。このままでは自分が壊れてしまうと感じていたとき、ちょうど職場復帰のお話をいただき、子どもたちも保育所に通えることになった。子どもたちと離れた時間を確保できることで、気持ちが穏やかになれた。保育所では、子どもたちの成長を一緒に喜び、悩み、考えてくださる先生方と出会った。子どもたちに丁寧に目を向け、笑った、コップを使うことができた、オマルに座ることができたなど、小さなことでも嬉しそうに知らせてくださった。ここでようやく、子どもたちには「できないこと」の前に「できること」がいっぱいあるんだと、気づいた。できないことにばかり目を向けて、後悔と悲観ばかりの自分がいたのだ。そこから少しずつ私は子どもたちに向き合えるようになり、育児を楽しめるようになってきた。子どもたちもよく笑うようになった。療育にも再び参加するようになり、子どもたちにいろいろな経験をさせてあげようと、いろんな場所に積極的に出かけられるまでになった。

2. 幼児期　保育園と盲学校幼稚部へ

年少組になり、地域の保育園に通いながら、週に数回、盲学校の幼稚部にも併行通園することにした。ここでたくさんの視覚障がい児のお母さんたちと出会った。経験談などを話してくれる先輩お母さんや、悩みや愚痴を一緒に笑ったり泣いたりできるお母さん仲間とたくさん出会った。どれだけ支えられてきたかわからない。

今でも大切な存在だ。

視覚障がいのある子どもの成長発達は、見えている子どもたちよりも遅れがちだと言われていた。けれど和真と佑真は、他の視覚障がい児よりも発達がゆっくりだった。盲学校では、同じ学年でも発達によりクラスが分かれ、取り組む学習内容も大きく違っていたため、どうしてもそこに過敏になっていた。言葉の理解が遅い、生活動作がスムーズに習得できない、手指がうまく運べないふたりを見ると、焦ったり落ち込むことが増えていた。

そんな時、ある先輩お母さんに言われた。彼女の子どもさんにも重複障がいがあった。私に、「自分の子どもを誰かと比べるなら、単一障がいの同級生と比べるんじゃなくて、地域で学んでいる同学年の子どもさんと比べないと。そこが、将来子どもたちが出ていく世界なんやから」障がいのある子どもである前に、まずはひとりの「地域の子ども」なんだ。そして、重複障がいがあっても、教育を諦めない。みんなと成長の仕方が違っても、可能性を否定したり奪ったりしない。そんな彼女の凛とした姿は、重かった私の心をふわっと解放してくれた。

盲学校と保育園は、しっかり連携してくださり、盲学校のアドバイスを保育園で積極的に取り入れてくださった。園児数は盲学校幼稚部より圧倒的に多かったので、保育園で友だちと賑やかに過ごす時間がとても好きで、たくさんの友だちができた。園庭で友だちと三輪車に乗り、クリスマス劇では友だちと一緒に登場し、苦手だった食べ物もどんどん食べられた。友だちが見ているテレビをつけてほしいと言い、友だちの持っているキーホルダーを買いに行きたいと言った。友だちが大好きで、友だちと一緒の時間にたくさんのことを感じながら学び、成長していくことができたと思う。

ある時、自宅が延焼による火災にあった。早朝で誰もが熟睡していた。誰よりも早く異変に気づいたのは、まだ4歳のふたりだった。熱や炎で家財が崩壊していくすさまじい音に、聴覚が敏感なふたりはすぐに気づいたのだ。すでに自宅は炎と煙に侵されていて、2階の窓からしか逃げられなかった家族もいた。子どもたちが気づいてくれたことで、家族11人全員が命を救われたのだ。他の誰でもなく、この子たちだからこそできることがある。そんな大切なことにようやく気がついた。

火災の影響で、しばらくは毎日保育所へ通うことになった。その間に着替えがひとりでできるようになった。盲学校で毎回丁寧に取り組んできた課題だったが、保育園の中でお友だちと一緒に毎日着替えていたら、できるようになったのだ。子どもは子ども同士の中で一緒に経験することで、大きな学びにつながるのだと知った。

しばらくして、地域の小学校への入学を勧められることが重なり、小学校就学について悩み始めた。ふたりは「友だちのいっぱいいる学校に行きたい」と言っていたし、この地域に自分たちの居場所ができ始めた実感があった。その当時、地域の学校で学んでいる全盲の子どもは、全国的にもかなり少なかったが、子どもたち自身の選択を尊重するべく、地域の小学校へ就学すると決断した。入学前にふたりに点字を覚えてもらいたかったが、点字指導をなかなか受けられなかった。そこで私は、点字の触読指導についての資料を読み込み、たくさんの教材を作成して教えてみた。しかし、なかなか習得してもらえなかった。

小学校は、非常に前向きに入学準備に取り組んでくださっていたので、安心して入学式を迎えることができた。子どもたちが、大阪市の地域の小学校で点字教科書を交付された第一号だったいうことは、入学後に知り、本当に驚いた。

3. 地域の小学校へ

小学校では弱視学級を設置し、点字教科書が交付され、点字タイプライターや点字プリンター、立体コピー機など、学習に必要な設備や備品を整えていってくださった。校内には点字ブロック、エレベーターも設置された。盲学校経験者の先生が、弱視学級担任として配置された。原学級でみんなと一緒に過ごす時間も多かったが、弱視学級の教室で点字や算数を学ぶ時間もあった。

先生が熱心に取り組んでくださるのに、なかなか点字が読めない。家での宿題の時間は地獄だった。苛立つばかりの私は怒鳴り、ふたりはその時間をとても怖がっていた。激しく焦る気持ちが続いたのち、私はようやく息子たちの知的障がいに気づいて愕然とした。そしていつの間にか、ふたりは点字が苦手になりつつあった。

しかし、先生は諦めず、点字の「書き」を早い段階で取り入れてくださった。自分で書くという楽しさが、学ぶ楽しさにつながり、どんどん文字を書き、読めるようになった。自分たちの思いを一生懸命に文字にすれば、でこぼこでも誰かに伝えることができるのだ。文字を習得することが、生活や学習への意欲を豊かに飛躍的に伸ばしてくれた。また、点字の珍しさは、みんなに興味を持ってもらえるコミュニケーションツールにもなる。文字は、ただ読み書きの手段としてのみあるのではなく、もっと特別な存在なのだ。たとえ速く読めなくても、うまく書けなくても、自分の文字があるということは、「自分」を構成する大きな要素になるのだと思う。

小さいときから、地域のみんなと一緒にたくさん経験してきた。学校も友だちも大好き。登下校時や放課後も一緒によく遊んだ。犬を触れるようになったのも、自転車の楽しさを知ったのも、みんなとゲームをするときの心地良さを知ったのも、大好きなみんながいたからできたことばかりだった。だから、みんなと同じ地域の中学校に進みたがるのは当然だった。不安もあったけれど、ふたりの思いの強さと地域の友だちに希望を託して、地域の中学校へ進学した。

4. 地域の中学校へ

中学校では、ほとんどの教科を原学級で受けた。教科書や授業の内容は音訳していただき、家庭学習ではそれを聞きながら点字で書いてこなした。板書や提出物は点字で、定期テストは音訳問題を点字で回答した。授業には、他教科の先生方もサポートに入ってくれた。陸上部に所属し、障がい者の陸上大会に何度も出場した。伴走はクラブの仲間や顧問の先生が引き受けてくれた。中学校にはたくさんの地域ボランティアさんが入ってくださった。登下校、クラブ活動支援、英語音読、英語

点訳、新聞・資料集・課題集の音訳など、たくさんの地域の方々がふたりを支えてくださった。学校生活や行事などは、友だちがかなり頼もしい存在だった。教室移動や給食などは友だちと一緒だったし、体育祭ではふたりもみんなと一緒に真剣に戦えるルールや作戦を立ててくれたり、帰宅後もＳＮＳでつながっていたり、受験前も一緒に励まし合った。とても豊かな中学校生活を送ることができた。
もちろん、ここまですべてが順調だったわけではない。学校行事のたびに課題や意見の相違が発生することが多かったが、学校はいつも子どもたちの希望や選択に真摯に向き合っ

てくださった。

中学1年生の初夏、大阪では様々な障がいのある生徒さんが地域の普通高校に入学し、高校生活を満喫していると知った。実際にたくさんの生徒さんや親御さんのお話も伺った。情報収集や学校見学を子どもたちと一緒に重ねるうちに、「みんなと一緒に受験したい」と言い出した。中学校でその意思を伝えると、初めは驚かれたが、各教科の先生方がずいぶん検討を重ねてくださり、受験を意識したテスト形式を取りはじめることができた。全盲で、知的障がいもあり、代読代筆受験が必要で、ひとりは車いすの介助が必要。また、送り迎えが必要でも、通学にはヘルパー利用が認められていないので、同じ学校に合格することが絶対条件だった。そんなふたりの学校選択の過程で、理不尽な対応を受けたこともあるが、私たち以上に中学校が厳しく抗議してくださった。そして見つけた、自分たちの住む地域にある府立高校。ここに通いたいと決めたのは、中学3年生の初秋だった。受験前から中学校と高校とで連携してくださり、安心して受験し、入学することができた。

5. 府立高校へ

和真と佑真は、今、高校1年生。自由な校風の中で、一人ひとりが尊重され、みんな自分で選択し行動している。ここにきてふたりもぐんと成長した。まったく新しい環境の中での友だちづくりも、自分の意思をはっきり伝えることも、それぞれにやっているようだ。とにかく学校と友だちが大好き。念願の声優部に所属し、中学校の時のボランティアさんがそのままサポートしてくださっている。SNSやアイドルグループや学食にはまり、たまにタンデム(二人乗り)自転車で登下校したり、学校の帰りにファストフード店やレンタルショップに寄り道したり、

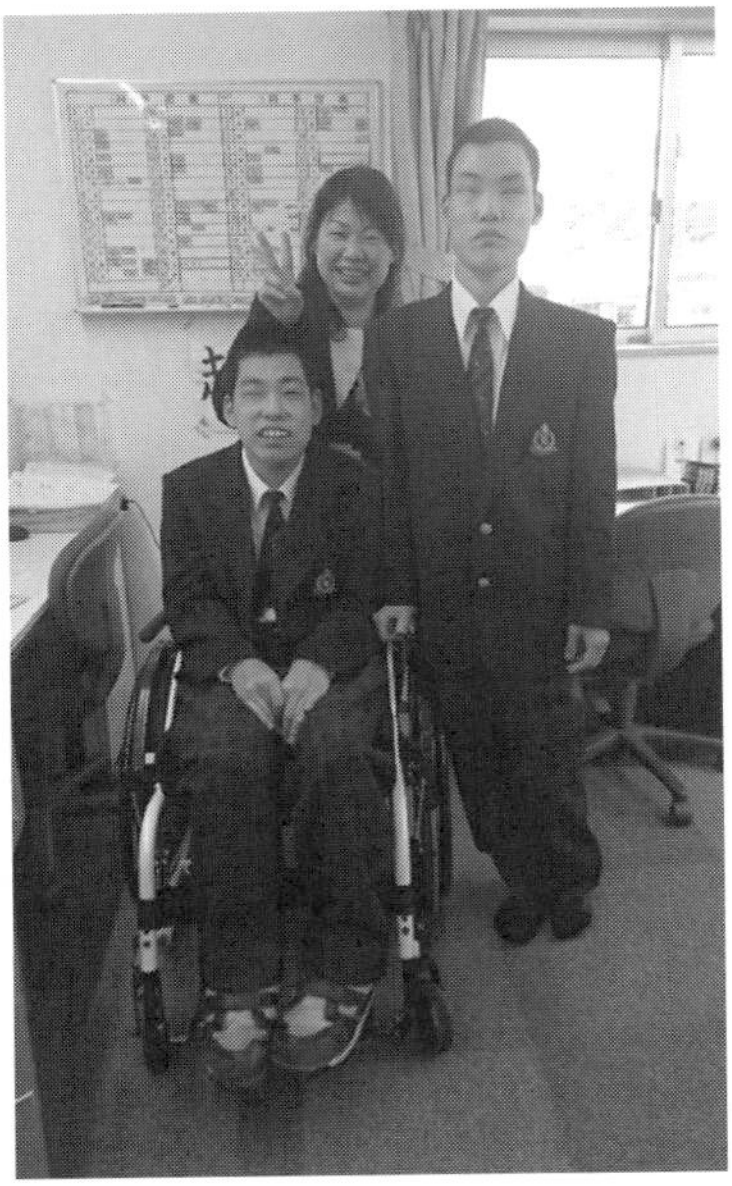

ランニングサークルで体を鍛えてマラソンの試合に出たり、当たり前の青春を満喫している。本当にどこにでもいるふたりの男子高校生である。

6．今、思うこと

私は子どもたちに、小さいときから自分で選択をさせることを心がけてきた。そして、子どもたちはたくさんの挑戦をしてきた。登山も水泳もランニングもそのうちのひとつだが、何よりこの地域に自分の居場所を見つけ、この地域の学校を選んで堂々と学び続けることができた。みんなと一緒に過ごすことで、自分もみんなと同じひとりの大切な存在なんだと確信できたのではないだろうか。そしてこれからも、自分らしく豊かに人生を築いていけるのではないかと、期待も込めつつ思っている。

最後に、この１６年間、子育ての喜びや悩みを共有してくれたのは、やはり同じように障がいのある子どもさんのお母さんたちだった。子どもの年齢、居住地、学校、重複障がいの有無など違っても、同じ立場のお母さん同士だからこそ理解し合い、支え合うことができた。これまで私たちと出会い、つながり、支えてくださった皆様に、この場をお借りして心よりお礼申し上げます。本当にありがとうございました。

佳

4

木原奈央子 さん

小さな小さな宝物

1．息子のこと

息子は24週2日、7カ月の時、緊急帝王切開で生まれました。654g。大人の手に乗ってしまうような、小さな小さな命でした。

当時、私は病院相談員として、宿直や夜勤のある不規則な勤務をしていました。ある日の帰り道、いつもとは違うお腹の痛み。それが自宅に着く頃には定期的になり、不安を抱えながら主人、母に付き添われ病院を受診。主治医から、この痛みが陣痛であること、赤ちゃんが子宮口から足を出していて、ここでは対応できないため対応できる総合病院に救急搬送することを告げられました。搬送される救急車の中、2日前の検診で順調であるといただいたエコー写真、今この子が生まれたらどうなってしまうのだろう……という不安。いろいろなことが脳裏をよぎり、冷静にことを受け止められる状況ではありませんでした。その夜、息子は生まれました。

2. NICU入院

生まれてすぐ、息子はNICU（新生児集中治療室）に運ばれました。本来ならお母さんのお腹の中で、じっくり体のいろいろな臓器が成長し大きくなる時。それを待たずに生まれてきてしまった息子。口に、手足に、生きるために必要な管や点滴がつけられました。未熟ゆえに多くの試練がありました。腸が破れたこと、心臓の閉まるべき管が閉まらなかったこと……。それらのひとつが未熟児網膜症です。早産の赤ちゃんは目の血管が十分に伸びておらず、また、出生後に上手に伸びないため、眼底出血や網膜剥離を引き起こし、視力の低下や最悪失明することもあると。早急な手術が必要と説明を聞いた翌日、レーザー凝固術が行われました。

こんなにたくさんつらい思いをしているのに、さらにいろいろなものを見て感じる楽しさをも奪ってしまうかもしれない。不安がありました。しかし本当に見えているのか見えていないのか。生後2カ月の彼にそんなことが伝えられるわけもなく、小さな成長を見守ること、見えるようになると信じること、そして待つこと。それはとても長くてつらいことだったように思います

3．自宅での生活

初めての子育て。しかも普通より何倍も小さく生まれた赤ちゃん。不安だらけでした。育児書通りにいくわけもなく。同い年の子が立つようになった、歩くようになったと順調な発育をしていくのを喜んであげたいけれど、そんな成長を見せてはくれない息子を前に落ち込むことが常でした。

出生時、不安定な状態が長く続いたため、息子には軽度の脳性麻痺があり、左半

身に麻痺があります。首のすわりも、立つことができるようになるのも遅く、歩くことができるようになったのも3歳を過ぎてからでした。生まれたとき先生からは、「今後どのように成長するかはわからない。他の子よりゆっくり。もしかしたら同じようにできないこともあるかもしれない。でも、この子の個性としてゆっくり見守ってあげてほしい」と助言されていました。心の準備はできていたはずでしたが、焦る自分との葛藤の日々でした。

4. 入園

保育園の入園準備をする年齢になりました。その年になっても相変わらず心身ともに成長はゆっくり。いくつか入園活動をしましたが、標準の成長を遂げていないために対応ができないと断られ、現実の厳しさを実感しました。本当にこの子が入園できる保育園はあるのか？　保健センターなどにも相談に行きました。そこで紹介していただいたのが、当時の知的障がい児通園施設「恵光学園」でした。園全体の定員が54名。1クラスは9人程度。保育士、幼稚園教諭、社会福祉士など様々な職種の先生が、担任としてクラスに3人ついてくださいます。何よりの特徴は、子どもだけが通うのではなく母子で通園することにより、母親、家族も障がいのある子どもの成長や子育てについて学ぶことができたことだと思います。それまでは悩みがあってもなかなか相談できる人を見つけられなかったのですが、園の先生方に、そして何より、同じように障がいのある子どもを持つお母さんたちとつながることができたことで気持ちが楽になり、毎日の母子通園で忙しい日々でも、それが大きな支えになりました。

毎日の通園で私はヘトヘトでしたが、息子はどんどん体力がつき、遅ればせながら周りのお友だちに興味を持ち、お友だちのようにジャングルジムに登ることにチャレンジするなど、「自分でやりたい！」という気持ちが見られるように。心も体も、少しずつ成長を重ねていきました。

ただひとつ心配事は「目のことについて」でした。園での活動の中で、お絵かきや、粘土など机上で行う作業に関して、まったく興味を示さない。大好きな絵本。繰り返し読んでもらえば覚えてしまうほどなのに、絵を見て楽しむことを好まない。成長とともに求められる、年相応の机上での知育的な遊びに興味を示してくれませんでした。また、活動内容が活発になるにつれ、混雑したプールの中、お友だちが走り回る部屋の中などでは、どこか遠慮しがちな様子が見られ、ぶつかることが怖いのか思い切り活動ができない場面も増えてきました。

10カ月の時、左目の網膜症が進み、網膜剥離を起こしたため、急遽名古屋大学病院の眼科を紹介され、手術を受けました。はがれかけた網膜を固定するための眼球を縛るバックル術です。その際、先生より、目を縛ってあるため、視野が狭くなる恐れがあること、左目は光を感じる程度にしか視力が出ない可能性があると説明されていました。

もしかしたら、息子には私にはわからない見えづらさがあるのではないか、と不

安になりました。そんなときに園で毎年、岐阜大学教育学部特別支援教育の教授である池谷先生と視能訓練士の浅野先生をお招きして行われる、視機能スクリーニングを受けました。その際に、現在に至るまでの目のこと、今の心配事などをお話し、紹介していただいたのが岐阜盲学校で行われている『アイアイ教室』でした。

5. アイアイ教室

迷うことなく、アイアイ教室に参加。恵光学園のクラスよりも、さらに少ない人数。その子ども一人ひとりに、日頃から視覚障がい児教育に携わる先生方がついてくださり、プログラムは進行。先生に手を携えてもらって、音楽に合わせながらの手遊びや、体を動かすことから始まり、パラバルーン、荷造テープを何枚も重ねたヒラヒラがついたロープを子どもたちの頭上で揺らして、風を感じる活動など。恵光学園とは違った視点でのアプローチに、歌や音楽が大好きで、音への反応がびっくりするくらい繊細な息子は、毎週の通所を楽しみにするようになりました。もちろん、就学期が近づくと各々状態に合わせて、個別の学習の時間が設けられ、視覚的な課題に取り組む時間もありました。机上の作業が苦手で、見ることに集中が持たない息子にも、上手にアプローチしてくださり、穴のたくさん空いたチェンジングボードにボタンをはめ込む作業、あらかじめシールの張られた画用紙に上から違う色のシールを重ねて貼るなど、注視を促すような練習もしていただきました。アイアイ教室の先生が、恵光学園に足を運び、園での様子を見たり、逆に学園の先生方に息子への接し方を助言したり、情報を共有してくださることもありました。就学期になり、

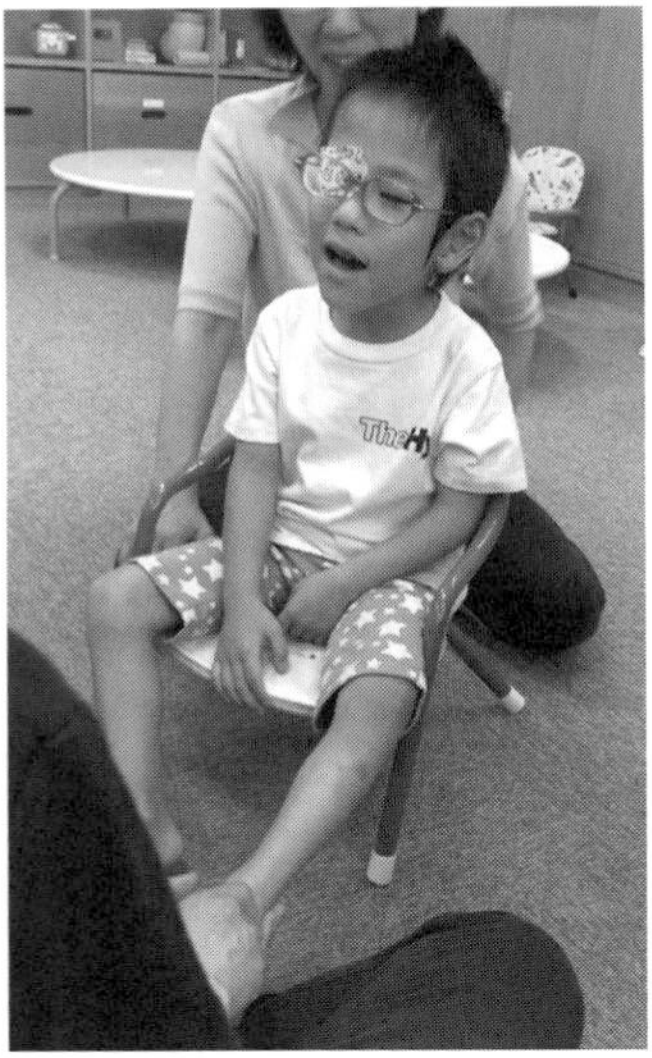

地元学校の特別支援学級、特別支援学校、確かに迷いましたが、やはり幼少期よりアイアイ教室を通じて関わりを持ち続けた盲学校を選択したことは自然の流れだったように思います。

6. 最後に

現在息子は、岐阜盲学校の5年生になりました。あんなに小さかったのが嘘のように体も心も成長。いまだに知的な発達もゆっくりではありますが、本人なりに着実にできることを増やしています。苦手だったお友だちとの関わりも、周りの視覚障がいを持つお友だちの穏やかな時間の流れが本人には心地が良いようで、学校が大好き、お友だちが大好き。先生と行う、国語や算数の授業が大好き。たくさんの方に支えられながら着実に前に進んでいる。そう感じています。

１０００gに満たない体重で生まれた赤ちゃんを「超低出生体重児」と言います。６５４gで生まれた息子も然り。今だから笑って話せますが、すでに生まれた時から超越した極めた状態。これからの人生、人並みにできないことばかりかもしれません。けれどどんなことでもいい。自分の好きなこと、僕の一番と言えること、「超」と言えることをたくさん作ってほしい。それが私たち両親の願い。そのための全力のサポートをしていきたいと思っています。

5

佐伯 尚美 さん

全盲に産まれて

1．誕生

２７歳、全盲、身長１７３㎝、体重５７㎏、これが今の息子。

思い返せば、７カ月の早産で、両手のひらに乗るくらいの未熟児１０００gで生まれた。命を助けるための治療が保育器の中で３カ月続いた。やっと２０００gを超えた頃、命は助かったが、目の問題に直面し、転院、手術と慌ただしく過ぎた。生まれて５カ月目に、全盲というハンディキャップを持って、私の手の中に戻ってきた。

その時、息子には４歳の兄、２歳の姉がいた。

私は自分を責め、涙が溢れていたけれど、初めて見る弟を「かわいい」と満面の笑顔で迎えた兄姉の姿を見て、これから3人の母親として、泣いている場合じゃない、と自分に言い聞かせた。

2．退院後

今のようにインターネットの時代ではなく、情報も何もない。何もわからず途方に暮れた。3人目ということもあり、育てるという点においては、経験もあり、何かとやっていけた。しかし、やはり、全盲の子どもを育てるという、想像もしていなかった生活は、まさに手探りで、毎日不安を抱えて過ごしていた。あちらこちらへ尋ね、やっと辿り着いたのが乳幼児教室の対馬先生だった。藁にもすがる思いで、対馬先生に会いに行った。今まで見たこともない、また、考えたこともない世界の話を聞いた。しかし、温かい空間で、「ようこそ」と、手を差しのべてもらっているようだった。盲児を育てることへのチャレンジ。私のスタートだった。

1歳にもならない頃から、指導を受けた。乳幼児教室では、遊びを通して生活のアドバイスをいただき、私自身の指導も受けた。子どもは、あるときはキャーキャーと先生になつき、大喜び。あるときは、知らぬ顔をしてそっぽをむく。集中なんてできなくて当たり前。何もできずに終わることも多かったが、行って指導を受けると必ず得るものがあった。親も子も、訓練に出かけることを心待ちにしたが、とにかく出かけないと私が落ち着かなかったのかもしれない。

対馬先生からいただいた一冊の本。それだけが唯一育てていく指針になった。お腹が減ったら泣く、何か欲求があれば泣く。それは上のふたりとまったく同じだった。ただ、未熟児のためか体は弱く、月の半分くらいは病院へ走っていた。目は見えなくても、かわいい笑顔は私の力となった。

2、3歳の頃には体調も落ち着いてきて、熱もあまり出さず元気になった。がんばろうと決めていても、相変わらず膨らむ不安を抱えながらの子育てだった。兄姉の力も借りながら、話をしよう、歌を歌おう、と一日中喋っていた。見えなくたっ

て関係ない、何でもないことでも、きっと育っていく上でプラスになるだろうと、兄姉の行くところへは連れて行った。あの頃は３人の子どもを連れて、どう過ごしていたのかわからない。家でも外でも、いつも息子は私の腕の中、膝の上にいた。だから兄姉の手をつないでやることはできなかった。

歩き出した頃は、一歩一歩確かめるかのように地面をしっかりと踏みしめて、音を聞きながら歩いた。野球帽をいつも被っていて、あちらこちら壁にぶち当たりながら歩き、帽子の先はボロボロになっていった。帽子のお陰で、おでこをぶつけることもなく、息子は痛くないので、ぶつかっても歩くことを怖がらなかった。自分の足音を楽しみながら、よく歩いた。

盲児を育てるとともに、兄姉も育てないといけなかったあの頃、とても大変だったかもしれないが、遠い昔のように振り返ることができる。

3. 白杖・保育園

山本先生の指導で、4歳になる前から、短い白杖を持ち始めた。その姿は、まさに盲人デビュー。かわいかった。これから一生涯にわたり相棒となる白杖に出合った。

乳幼児教室の訓練も続けながら、白杖を持って保育園に入園した。その姿に他の園児も

1995 (H. 7) 2. 3
保育園から帰ってきてから
すぐ自転車に乗る

興味津々。白杖や、目の白い息子の顔を覗き込み、たくさんの質問を投げかけてきた。チャンスだった。私もこれからこうやっていろんな場面にぶち当たり、理解をしてもらい、助けてもらわなければならないので、いろいろ説明した。息子も仲間に入れると思えた。

「手をひいてあげよう」「音を聞かせてあげよう」と、いろいろアイデアを出し、助けてくれる園児の姿は、兄姉同様頼もしかった。

この頃は、指先の訓練として、あらゆる物を触ってみた。ふわふわ、つるつる、ざらざら、点々などを触って理解していった。大小も理解しだした。また、線をなぞって迷路をしたり、マルを描いて遊んだ。見ればわかるものも、一つひとつ触りながら、クイズをしているように覚えていった。

パンツやシャツ、靴下などには目印のボタンを付け、左右もわかるようにすれば、着替えも自分で上手にできるようになった。私もだんだんボタンを付けるのが邪魔くさくなってきた頃、服の形もよくわかるようになった。もうボタンは必要でなくなった。

4. 盲学校へ

小学部からは、盲学校（現・視覚特別支援学校）へ入学した。ランドセルの中には、筆箱や下敷きはない。その代わりに入っていたものは、点字版と点筆だった。少人数で全盲2人、弱視1人の3人だけのクラスだった。そこで、普通の学習はもちろん、視覚障がい児として生きていく力も様々な方向から指導を受けた。点字学習は一番に始まった。私は子どもの読む点字が読めないなんて言っていられないので、息子が保育園に行っている頃に覚えた。

通学は、入学時から約1時間かけて電車通学をした。これはいい選択だったと思う。周りの様子、放送、いろいろ経験できたし、子どもの体力もついた。好きな電車に乗れる楽しみも加わり、学校へ行くことが楽しくなった。手をつなぎ、話をしながらの通学は、親子共々とても良い時間だった。私も学校へ毎日行くので、先生からの報告やアドバイスも聞くことができた。また、他のお母さんたちとも友だちになり、情報交換をしつつ、お互いに分かり合える悩みに頷き、励まし合った。子どもはもちろんだが、親も知り合いをつくることは、障がい児を育てていく上で大事なことだった。

小学部、中学部、高等部と同じ学校に15年間も通学した。普通では考えられないような長い年月だった。日々の積み重ねの成果だろう。中学部の頃には、ひとりで通学ができるようになった。付いているのは簡単だったが、手を離し、送り出すのは親も勇気がいった。本人は元気に電車に乗り込んだ。いつもの時間、いつもの車両、周りの乗客や車掌さんも、温かかった。時間はかかるけれど、必ずできるということを実感した。

ひとり通学が当たり前になっていた16歳の時、私が生死をさまよう病気になった。息子が障がいを持っているとわかったときから、息子を育てていくために、ずっと私は元気でいれるものと思っていたのに。息子には試練だった。心配でたまらない。日常生活や勉強など、様々な所で真っ黒状態だった。周りの助けを受け、福祉のサービスも利用し、私が遠くで見ているだけの生活になった。命が助かった私は、この病気も息子の自立に向けて良い時間だったのかもしれないと思えば、少し気持ちが楽になった。神様の笑みを感じた。

5. マッサージ師になる

マッサージ師の国家試験に挑戦した。

一度目は不合格。家でじっとしているわけにもいかない。次回合格を目指して、遠く離れた広島の全寮制の学校に入り、俗に言う浪人生活がスタートした。初めて家を離れての寮生活だった。全国から集まってきた視覚障がいの浪人生約30人。ひとりでやらなければならないという切羽詰まった状況の中、寂しいけれど、友だちもでき、元気に過ごした。月に一度は、駅員さんに助けられながら、新幹線を乗り継ぎ、意気揚々と白杖一本で帰省した。顔を見ると私も嬉しかったが、いっぱいのストレスが息子にあることも感じた。どうしてやることもできなかった。

二度目は見事に合格。親子共々ほっとした。集団生活にピリオドを打ち、自宅での生活が始まった。次は、就職という大きな壁にぶち当たった。全盲が就職するというのは、やはり難しい問題だった。ハローワークで求職し、運よく内定をもらった。

6. 今

毎日、白杖を持って電車を乗り継ぎ、仕事に行っている。生まれた時に、息子がこうやってひとりで働きに行けるなんて夢にも思わなかった。誕生してからを振り返ると、懐かしい。私を知らない世界へ連れて行ってくれた。不安で押しつぶされそうになり、涙も流したが、現実を受け入れ、今は楽しかったと思える。

２７歳になったから、もうひとりで大丈夫というわけではない。コミュニケーションが苦手など、課題はいっぱいあるが、どう成長していくか、どんな未来が待っているか、障がいを受け入れ、今は哀しみが楽しみに変わってきた。しっかりと応援していきたい。

6

富川佳奈子さん

尚樹を育ててよかったと思える理由

1．まえがき

つい先日、尚樹は２０歳の誕生日を迎えました。母としては、やはり感慨深いものがあります。初産で母になったばかりの頼りない私を、名実ともに母にしてくれた尚樹。ひとくちに２０年といっても確かに紆余曲折の日々でした。大変でしたが、けっして苦労したとは思っていません。母として尚樹とともに創意工夫の毎日を積み重ねることによって、一緒に成長させてもらえたなと感じています。そんな二人三脚だった日々を紹介させていただきたいと思います。

2. 乳幼児の頃

尚樹誕生

出産予定日までしっかりお腹の中にいた尚樹は、通常出産で元気な産声を聞かせてくれました。ただ、ナースステーションにいる間は一度も目を開けることがなく、初めて母子同室となった夜、薄暗い部屋で一瞬目を開けたときに目がおかしいことに気がつきました。目が真っ白に見えたのです。すぐに眼科を受診し、生後12日目に水晶体を摘出する手術を受けました。新生児でしたのでNICUに入院し、私は毎日搾乳した冷凍母乳を病室まで届けていました。手術は成功でしたが、その際に他にいくつもの眼疾があることが判明し、二度目の手術をするために府立病院へ転院。眼科の一般病棟に母子で入院することになりました。術後は眼圧などが安定せず、季節は変わってしまいましたがようやく退院。ベビーベッドが待つ自宅へやっと戻ることができました。

いくつものハードル

主治医は、「視力が出るにはいくつものハードルがある」と、述べられました。生後すぐの手術なので予後は不明とのことでした。主人と私はまず福島県の小児眼科の先生を紹介してもらい、白内障術後用眼鏡を作ることにしました。様々な刺激を与えることで視力が出てくる可能性があると聞き、原色の大きな玩具を目のすぐ前で揺らしたり、カラフルで音が出るものを常に目のそばに近づけてあやしたり、まさに至近距離で話しかけたり、少しでも視力が出ればとの思いでいっぱいでした。通院を続け、角膜の状態が良くなり、無虹彩のためまぶしさがきついことから、虹彩付きコンタクトレンズを処方してもらいました。赤ちゃん用の小さなレンズを、毎日起きたり昼寝したりするたびにはめはずしをするのは大変でしたが、ほんの少しずつ何かを見るようなしぐさが現れてきて、コントラストの強い絵本などを買って読み聞かせをしました。

生活での工夫

育てていくなかで、困ったこともありました。見えにくいために離乳食が進まず、長い間フォローアップミルクを飲んでいたり、音に過敏なために、外出しても木々のざわめく音でさえ泣いたり、家でも掃除機の音で号泣。要するに何が起こっているかを理解できずに泣くのだなと気がついてからは、身の回りの音のみならず、自然の情景や人々の動き、街の喧騒の様子など詳細に説明をして、一つひとつ何度も教えているうちに泣いたりしなくなりました。着替える時やおむつ交換の時には「ピカピカのうた」、歯磨きの時には「ハミガキのガキんちょ」というテーマソングを作ったりして楽しいイメージで毎日の生活を盛り上げました。また、まぶしさのために昼間は目を開けにくかったので、公園デビューは夕方でした。日暮れの誰もいない公園で目をぱっちり開けている尚樹と滑り台を滑ったり、ブランコに揺られたりしながら、常識にとらわれない子育てを楽しもうと考えました。

あいあい教室

尚樹が満1歳を迎える前月に、視覚障がい乳幼児通園施設である『あいあい教室』を訪ねました。それまで精神的に孤独だった私たち親子を、温かく迎えてくれた先生方。毎週1回の登園は、同じように視覚に不安をもつ同じくらいの年の子どもたちとの療育や、同じ境遇を抱える保護者同士が語らい、悩みを分かち合う場としてなくてはならない時間となりました。先生方は残存視力を有効に活用し、目と手の協応力を伸ばすことや、特に苦手だった感触遊びを通してものの認知力を高め、リズムや運動で全身をダイナミックに使うような療育をしてくださいました。初めてのことに挑戦する時はいつも嫌がり泣いている尚樹でしたが、回を重ねるごとにあいあいが大好きで、お帰りの時間を過ぎてもいつまでもプレイルームから離れたがりませんでした。そして、私にとってもあいあいは学びの場であり、心身ともにホッとできる癒しの場でもありました。

公立幼稚園へ入園

あいあい教室と併行通園したのは、地元の公立幼稚園でした。幸い家から近く、入園の1年前より、週1回園庭や遊戯室で遊ぶ体験を継続しました。園長先生に度々話をし、弱視であることや、様々な工夫をすることでいろいろできることなどを説明しました。入園時には1名加配の先生を付けていただいたり、靴箱やロッカー、タオル掛けなどは端の角に配置したり、階段や段差には黄色いテープを貼ってもらったりしました。当時トミカが大好きだった尚樹のマークは車。持ち物やスモッグ、弁当包みや上靴まで、すべて大きめの車のアップリケを縫い付けました。見よう見まねができないので、自由遊びが中心の自主性を重んじる園が合っていて、自分なりに遊びを探して自分のペースで遊んでいたように思います。早めにお迎えに行くと、三輪車を両足で蹴りながら進んでいる姿が見えて、人並みに園生活を送っていることに感動しました。園に預けている間にコンタクトレンズが外れたり、ずれたりするたびに私が園に足を運ぶことや、園庭や遠足などの外出時には遮光眼鏡を使うこと、プールの日にはゴーグルを使うことなど、様々なご協力をいただきました。年長時にはお泊り保育へも参加でき、一般の小学校での教育を考える展望が広がっていきました。

3．児童から少年へ

小学校とアイリス教室

私たちの住む京都市には、全国的にも珍しいとされる「弱視通級指導教室・通称アイリス教室」があります。弱視児が通常学級に所属しながら週2、3回担当の先生が巡回してくださるという制度のおかげで、安心して地元の小学校に入学することができました。学級担任、アイリス担当と保護者の三者で回す連絡帳を活用し、毎日の時間割を見ながら心配事を相談したり、考えられる工夫を提案したりしました。拡大読書器や拡大教科書、ルーペや単眼鏡などを使用するので、アイリスの先生がクラス替えのたびに他の先生方やクラスメイトに弱視児の存在を認識してもらうよう話をしてくださり、あえて障がいを隠さず皆に伝えていく事で啓発にもなったかと思います。

学校生活での工夫

学習や行事において具体的に工夫したことといえば、ノートの罫線を太く濃くしたコピーを貼りつけて漢字や計算ドリルを勉強しやすくしたり、運動場のトラックに赤い砂袋を並べて目立たせてリレー種目に参加したり、給食当番は配膳の難しい大きなおかず担当は避けてパンや牛乳の係になったり、まぶしさがないよう席替え時に配慮してもらったりと限りがありません。消しゴムひとつ転がってもどこへ転がったのか探せない視力なので、常に2つ筆箱に持たせ、どの持ち物や服、ハンカチ、靴下に至るまですべて記名しておきました。また、学年が上がるにつれて文章量も多くなり、読速度が遅いため、学習のとりこぼしがないようにと家庭での宿題サポートなどを徹底したり、ロービジョン外来に出向き、最大視認力が発揮できるルーペや単眼鏡の倍率を調べたり、何ポイントの文字の大きさにすれば読速度が最大になるのかを調べ、効率よく学習できる環境を整えました。

様々な経験

弱視に臆することなく、だからこそ様々な経験をさせたいと思い、体操教室や水泳教室、ピアノや英会話などいろいろな習い事をさせました。講師の方々に事情をていねいに説明し、少しの工夫や配慮をお願いすることで大抵のことはクリアできました。家族でも旅行やキャンプに連れ出したり、自転車の練習をしたり、鈴入りボールを使ってボール蹴りをしたり一緒に楽しみました。また放課後に友人と遊ぶときは、いつも我が家に連れてきて、拡大読書器にゲーム画面を映して皆と同じゲームに興じたり、テレビの真ん前に立ちはだかる尚樹の後ろから皆が見るという、弱視特別ルールを理解してもらったりしました。私は、子ども時代の柔軟な頭のうちに身近に障がいのある人と接することは、その子の考え方や成長の中でとてもプラスになるのではと考え、積極的に尚樹の特性を周りの子たちに伝えました。

難しい年頃

１０歳を過ぎると、当然ながら反抗期がやってきます。だんだんと自分自身が何か人と違うのではと疑問を持ち、障がいについても確信へと変わってきました。学校生活の中でも違和感を覚えたり、特別な配慮をうっとうしく思ったりして、とうとう家で不満が爆発しました。

「何でこんな目に産んだんや」

と言ってきたのです。親として何と言えばいいのだろうかと悩みましたが、望まれて産んだこと、目の手術を2回乗り越えたこと、今日少しでも見えていることが奇跡だということ、あいあいや病院の先生など他の人よりも多くの方々に支えられて大きくなってきたこと、そして、何よりもママは尚樹が大好きで、どんなに苦しくても何があっても応援することなどを必死に訴えました。成長につれて何度か反抗の波はやってきましたが、そのたびに一生懸命育てていることを伝え、本人の悔しさや理不尽な思いをじっくりと聞いてやると、徐々に自分について理解し、やがて困難な障がい受容をし始めるに至りました。

4．激動の中学・高校時代

中学での配慮の依頼

中学では主たるアイリス教室のサポートもなくなり学習科目も増えることから、入学式前に本人同伴で会議を開いていただきました。学年主任や教科担任の先生方、クラス担任に眼疾と見え方を説明し、シミュレーションメガネを実際に体験していただきました。声を出しながら板書をしていただくことや、プリントの拡大、定期考査は時間延長で拡大読書器を持ち込み別室受験することなど、たくさんの配慮を了解していただきました。入学後も様々な場面で本人を交えて話し合いをし、どうすれば参加できるか、こんなことならできるなどのアイデアを出し、陸上部にも特別

メニューで所属、伴走者とマラソン大会に出場したり、文化祭の劇や合唱隊、体育祭の全員参加種目にも工夫して出場したり、職場体験や修学旅行の民泊も、クラスメイトの協力を得てすべて参加することができました。

突然の失明

その日は突然やってきました。尚樹が真っ青な顔で私の傍らに来て、何も見えない……と呟くのです。救急で主治医のもとに駆け込むと、身体が急激に成長する時期で、眼球への負担が大きかったとのことで、手術も、目薬もなく、現在の医学では手立てがないと言われました。家族も本人も弱視で一生過ごすものだと考えていただけにショックは計り知れず、途方に暮れました。でも、一番つらいのは尚樹。墨字が読めない学校生活、あれもこれもできなくなっていくという絶望感。私はそれでも前へ進まなくてはとの思いから、中学との面談を重ね支援の先生を依頼したり、京都府立盲学校での放課後点字指導に通ったり、音声パソコンを指導してくださる方に習いに行ったりと、泣いている暇がないほど親子で奔走していました。受け入れ難い現実のなか、尚樹のメンタル面を安定させることに重点を置きながら日々を過ごしましたが、進路について決断せねばならない時期がやってきました。

高校受験

全盲になり、点字に切り替える必要性があったことと、見えなくてもきちんと高等教育を受けさせたいと考え、唯一の国立盲学校である筑波大学附属視覚特別支援学校を受験しました。当時墨字も点字も読めなかったので、口頭試問という形式での受験。過去問を勉強する際は、読み上げた問題を頭の中だけで整理し、口頭で回答する訓練をしました。図形や地図などはレーズライターに写し取り、指で触りながら把握する方法をとりました。この頃の尚樹は、見えなくなったことで、以前とは別人のような集中力がついたことに驚かされました。努力して勉強した甲斐あって、無事に合格。しかし喜びもつかの間、親元を離れて東京での寄宿舎生活をする日が近づいてきました。

自立と高校生活

多分、他の親子よりもずっと濃密な親子の時間を過ごしたと考えられる尚樹を、東京に若干15歳で手放すことになった私には、筆舌に尽くし難い葛藤がありました。見えなくなってまだ時は浅く、点字もままならないうちに、学校生活と勉強、起床や身支度、洗濯掃除などの身辺自立、毎日の寄宿舎での共同生活を送ることは、尚樹にとってもますます大変な時期になったことは言うまでもありません。ひとりで大丈夫だろうか、本当にこれでよかったのだろうかと心配は尽きませんでした。しかし、いざ入学してみると、寄宿舎では全国から集う視覚に障がいをもつ大勢の仲間たちと寝食を共にし、盲学校という視覚障がいに特化した教育環境の中に身を置くことで、彼は健常者である家族や兄弟には理解し得なかったであろう悩みや苦しみを分かち合うことができ、さらに見えないということに動じず、生き生きと活躍している先輩方や仲間たちに出会うことができ、辛さ以上に何倍もの人生の糧を得たかのように感じました。参観日や文化祭などで東京に様子を見に行くたびに、点字の上達や生活の知恵を習得し、何より工夫して見えずともできることが増えていきました。3年間の高校生活で、勉学のみならず、見えなくても生きる、という方法や考え方を学び、手放した日には思いもしなかった彼の人間的な成長を目の当たりにして初めて、この選択は正しかったのだと私自身に言い聞かせることができました。

5．あとがき～近況

さて、尚樹は現在、筑波技術大学保健科学部情報システム学科に在籍しています。日本で唯一、視覚障がい者のための国立大学で寄宿舎生活をしております。白杖を使いコンビニへ買い物に行ったり、仲間とカラオケに行ったり、バンド活動に熱心だったりと大学生活を楽しんでいます。また、念願だった世界各国の視覚障がい大学生が集うインターナショナルキャンプに参加する機会を得て、ベルギーへ旅立ちました。帰国後には、「科学へジャンプ」という国内の視覚障がい中高生のためのサマーキャンプで先輩としてワークショップを催したり、京都に帰省時にはあいあい教室へボランティアに通ったりと充実しています。

私は、見えない自分を完全に受容し、前向きに生きている彼をとても誇りに思えます。最近、こんな言葉を尚樹からもらいました。

「僕は、障がいを持って生まれてよかったと思っている。この目のおかげで、たくさんの人に出会うことができたから」

佳

7

西川 玲子 さん

今回、『見ることの不自由な子の育ち』で、子育てについての執筆のお話をいただきました。とてもとてもお世話になった先生方からのお話だったので、少しでも恩返しができる良い機会かなと思い、「書いてみます」とお返事してしまったのですが……。

いざ、私の子育てって？、と考えてみても、正直あまり覚えていません。いや、覚えていないというより、「私の子育てって間違いだらけ」の自覚があるからこそ、自ら「忘れよう！」と、努力してきたのかもしれません。そんな私の書くことが、どなたかのお役に立てるとは到底思えないので、子育てというより、この20数年を振り返って、今思うことを書いてみようと思います。

＊＊＊

私は、今から20数年前、第一子となる優樹を授かりました。

私の、子育てのはじまりです。

優樹は、生後6カ月の頃に手術をし、全盲になりました。初めての子育てでいっぱいいっぱいだった私が、いきなり〝全盲の子〟を育てることになったのです。全盲？目が見えない……？？　どういうことなんだろう……？？？　想像することすらできません。まして、全盲の子を育てるとは……、どうすればいいの？？　不安だらけのなかで、「私がしっかりしなきゃ！」「私が頑張らなければ‼」と強く思いました。

当時、どんどん思いつめて、絶望のど真ん中にいた私は、本当にあぶない、危険な顔をしていたんだと思います。そんなとき、夫に言われた言葉。

「変なこと考えるなよ。やるならひとりでやってくれ。優樹には生きる権利がある。母親だからって、優樹の人生を奪う権利はないんだからね」

これは今でもよーく覚えていて、時々思い出します。「そうか～。私の子だけど、私のものではないんだな。優樹の人生は優樹のもの」と気づかせてくれた、とてもとてもありがたいエピソードです。

追いつめられていた妻に対しては、なかなか厳しい夫？　正直、ちょっとだけムッとしてしまいますが……。いやいや、優樹の父親としては、まさにビンゴ！　こんな良い人いないいんじゃないかな～。とてもとても感謝しています。（これを超える素敵な言葉は、残念ながらその後まったくありませんが……笑）

そして優樹は、少しずつ成長していくのですが、いろいろな面でとても恵まれた環境で育ったと思います。母親がこんな頼りない私ですから、優樹はたくさんの方々に助けていただきながら大きくなりました。

かかっていた病院の紹介で、視覚障がいのある乳幼児を支援する先生と関わらせていただくことができ、早くからしっかりとサポートしていただきました。就園・

就学についても、保護者の希望を積極的に聞いていただくことができたおかげで、「たくさんの子どもの中で、いろいろな経験をしてほしい」という親の願いを叶えていただくことができました。ただ、親の願いと本人の願いが同じであるかどうか……は、わかりませんよね。とにもかくにも、親が最善であると信じ選択した学校生活がスタートするわけですが――。

今思えば、この頃は私にとって、最も目まぐるしい毎日だったようです。「忘れたい間違いだらけの子育ての記憶」は、本当に思い出すことができません。なので、子どもたちに聞いてみることにしました。

優樹いわく、「いっぱいしんどいことあったよ～。でも親がしんどそうだったから、とてもじゃないけど、しんどいなんて言えなかったし～。話を聞いてくれる人にいろいろ相談してた！」そうです。これはこれは、大変失礼いたしました。

下の子にも聞いてみたところ、「あ～。反抗期なかったとか言うけどさ～。あれ、なかったんじゃなくて、反抗させてくれなかったんじゃないの⁉ 反抗が許される雰囲気じゃなかった！」よっぽどこわい顔してたんでしょうね。重ね重ね、申し訳ございません。

言い訳をさせていただけるなら！ その時の私は「子どものため」と信じ込んで、本当は自分のために「もっとがんばらなければ！」「もっとできる‼」「もっとがんばれ‼!」と、空回っていたんでしょうね。ただただ、必死だったのだと思います。

そういえば、この頃ではないかと思うのですが、優樹本人から、「ママは笑っていてほしい」と、言われたことがありました。子どもにそんなことを言わせてしまうくらい必死だった私は、まさに鬼母。残念ながら、こんな日々だったように思います。これは、あくまでも「間違いだらけの子育て」のほんの一部ですが、これ以上思い出すのは大きな危険を伴いそうですので、このあたりで。

その後、優樹は寮生活を経験します。初めての親元を離れた生活は想像を超える大変さで、辛いこともたくさんたくさんあったようですが、家族の助けを借りることのできない環境で「自分で考える」力が身につき（少しだけ……）、しっかり歩行訓練をしていただいたおかげで、ひとりで動くことのできる範囲もぐっと広がりました。

私はというと、なんだか心がぽっかり～って感じでしたね。子どもの成長とともに、少しずつ子離れしていかなきゃ！、と頭では理解していたつもりでしたし、そう実践しているつもりでした。けれども、思っていた以上に深く関わりすぎていたようです。

でも！　優樹がひとりでがんばっているんだから、私がいつまでもメソメソなんてしていられません。さみしいことの多かったこの頃ですが、「親子のほどよい距離感」や、これからの自分自身の人生、生き方についてもゆっくり考えることのできた、貴重な時間であったと今は思います。

その優樹もこの春、学校を卒業し、働きはじめました。これまでの学校生活はずっとこちらがお金を払う側でしたが、初めてお金をいただく側になったわけですから、大変でないはずがありません。正直とてもしんどそうです。親としてできることは、どんどん減りました。今となっては、話を聞き、勇気づけ、励ますことくらいしかできません。大きく変わった環境の中、本当に今が、しんどいところ！　ふんばりどころ！、ではないか……と思うので。

「なんとか、ふんばって〜〜!!」

さあ、これからが本当の意味で、優樹の人生です。自分で考え、選択し、自分らしく生きていってほしいです。優樹はこの人生、視覚を持たず生きていかなければいけません。「見えなくてよかった」と思えるほど大人ではなく、賢い人間ではないので、やはりとても残念です。しかし、見えないからこそ出会えた人、知ったことはたくさんあります。とても感謝！、しています。優樹も忘れないでね！

この原稿を書くにあたり、20数年を振り返って思うことは、子どもは親の〝言うこと〟ではなく、〝行い、行動〟を見て真似ているように思います。だから、いくら「真面目に生きなさい」とか「感謝しなさい」とか言葉で言ったところで伝わらない。親がどう生きているか？　生き様を鋭く観察しているんじゃないかな？　たとえ目は見えていなくても、子どもは親の生き様を「見て」いる……。結局、親の役目は自分の生き様を見せること。なんて考えると、責任重大でズーンと不安になってしまいそうですが。親とはいえ、子どもよりたかだか20数年長く生きているだけ。完璧な親なんていないんじゃない？、と思い始めてから肩の力がスーッと抜け、楽になりました。

これから、人として、やはり基本は真面目に！　そして感謝の気持ち忘れずに！　優樹から言われた「笑っていてほしい！」を忘れず、楽しく生きていきたいと思います。優樹も、まずは健康で、小さな幸せを見つけることのできる人であってほしいです。

とにかく、「楽しく生きていきましょう〜」

8

溝上あゆみさん

弱視難聴の娘と共に

私の娘は、チャージ症候群です。

目、耳、心臓、発達遅滞、顔面神経麻痺など様々な疾患があります。現在１２歳、弱視難聴の盲ろう児です。赤ちゃんのときから、眼鏡と補聴器をつけています。生まれてすぐ様々な疾患が見つかり、心臓の手術や入院生活、経管栄養であったため、私はお世話がすべてで、娘はずっと泣き続けていました。

退院後は6つの科を通院し、家と病院を往復する毎日で、私は心身ともにパンク寸前でした。目と耳からの情報が少ない娘は、体に触れるものすべてが怖くて、泣き続けていたことに私が気づいたのは何年も後のことでした。

娘の目と耳の状態として、頭部レントゲン画像の左右の眼球の大きさが違っていたこと、耳介の形も違っていたことが、ずっと気になっていました。初めて眼科と耳鼻科の診察を受けたときは、祈るような気持ちでした。目は「目の部品が足りないから見えないし、治らない」耳は「まったく聞こえないことはないですよ。みやこ園に行ってください」と言われました。

それから言われるままに、聴力検査をみやこ園で受けました。当時、目についての情報はありませんでした。0歳6カ月から、難聴児通園施設みやこ園に親子で通うことになり、補聴器の生活が始まりました。

みやこ園は、娘とのお世話中心のつらい日々から抜け出す第一歩でした。見ること聞くことに無反応な娘に、様々な指導が始まりました。キラキラピカピカ光るもの、白黒のはっきりしたもの、ゆらゆらと揺れるものを使って、見る練習をしました。太鼓やメガホン、音が出るおもちゃ、楽器や声などの音を補聴器で聞く経験を重ねていきました。うちわやガーゼで光や風を感じる遊びをしたり、バスタオルで揺れるブランコもしました。お互いの気持ちが伝わるよう、簡単なサイン（手話）を使っていきました。
・「おあーあん（お母さん）」＋手話
・「あっお（抱っこ）」＋手話
・「オー（おいでー）」＋手話

見えているのか聞こえているのかわからなかった娘が気持ちを表現し、言葉を使うようになっていきました。

みやこ園では年に一回、視機能スクリーニングがありました。その時、初めて目の診察を安心して受けることができ、娘の目の見え方や症状のこと、目に関する支援があるということを教えていただきました。そして何より、盲学校の先生、子どもの視覚障がいの専門の先生方とのつながりができました。その後、紹介していただいた眼科医の診察を受け、2歳のときに娘の目に合った眼鏡ができました。補聴器と眼鏡の娘は、みやこ園と盲学校のアイアイ教室で、見る・聞く・話すことの楽しさなどを学び、生活の中で、コミュニケーションの土台が育っていきました。

6年間のみやこ園の指導の中で、娘が体験したことを親子で共感し、それを言葉にし、絵日記やカードにしていきました。泣くことにも理由があるし、娘の言葉や気持ちを受けて、まず、うなずくこと。親子が分かり合い、安心できる関係になるための大切な6年でした。

娘は補聴器をつけていても、しっかり聞こえていません。聞こえる音も明瞭ではないため、聞き間違いが多いし、騒がしいところでの聞き取りはできません。だから、周りが静かな環境で、顔を見て、はっきり口の形もわかるように、聞き取りやすい音声で話したほうがいいです。しかし、音声だけでは不十分なので、さらに、手話、指文字、絵、文字などの目から見える情報もあると、わかりやすいです。話し手が誰かわかる工夫も必要です。

娘は眼鏡をかけていますが、見えにくいです。弱視で、視力が弱く、視野が狭いので、目で見る必要な情報は、大きさ、距離を考えなければいけません。だから、視野を意識して、目の動きと表情を見て、内容が伝わっているか確認しながら見せるように気をつけています。視野の外はあまり見えていません。

弱視難聴の娘の小学校入学を考えるとき、盲学校か聾学校か迷いました。進路を決める前に、いくつかの課題がありました。

①自分のことを知る。

②生まれたときのことを振り返る。

③できることと、できないことがあるけれど、どうしたらいいか。

小学校に行ったときに、先生や友だちに、自分のことをわかってもらえるように、サポートブックをみやこ園卒園前に作りました。図書館で聴覚や視覚の子ども向けの本を借りて、親子で調べて、具体的な場面がわかる絵と文にしていきました。それを先生が一冊の本に製本してくださいました。サポートブックを作ったことで、自分のことがわかり、目と耳のことを意識するようになりました。進路の選択は、手話を使ったコミュニケーションの力をつけるために、聾学校に決めました。

聾学校小学部に入学してから、あっという間に6年生になっていました。聞こえにくさに関しては、手話、指文字、筆記（言葉を文字にする）などを使い、コミュニケーションの力を伸ばし、安心して学べるのは聾学校です。娘は、手話や言葉を使い、様々な経験をし、成長してきました。

でも、見えている先生とお友だちの中で、見えにくさからくる問題や壁が出てきました。6年生になった今だから、気づいたことがあります。

・娘は、「見える？」と聞かれると、「見える」と答えます。（集団生活の掲示物、板書、手話通訳、字幕、遠くの景色など）内容まで見えていないのに「見える」と答えるので、詳しくわからないまま話が進んでいきます。

・小さい文字を至近距離で見て読めているので、小さい字でも読めるから大丈夫だと周りから思われます。

・廊下ですれ違う友だちの顔や動きが見えにくいので、友だちとあいさつできず、お互いに言葉を交わすことなくすれ違うことが日常になっています。

・友だちの速い手話や動きについていけず、自分の言葉を友だちに発信することが苦手になっています。

・漢字の練習で、細かいところに気をつけて書きません。

・コミュニケーション重視で、他の子との絡みがあるので、タブレットなどの機器を使用できません。

毎年、担任の先生が代わるので、対応も変わってしまいます。盲学校の先生のアドバイスをいただいても、見え方への配慮は事細かな対応まで手が回らないのが現状のようです。家庭においても、日々の生活の忙しさから、子どもとじっくり向き合うことができていませんでした。

見えにくさを周りの大人が気づかないまま、我が子が世の中の情報を知らず、様々なチャンスに巡り合うことなく生きていくことは、親として胸が苦しいです。情報を得るための配慮がないということは、子どもの無限に広がる可能性の芽を摘んでいるように思えてなりません。子どもは特に言葉にすることができないので、心に寄り添い、同じ目線で共感し言葉にしていく必要があります。子どもの言うことのできない気持ちの代弁をしていくと、時間はかかるかもしれませんが、自分の言葉で話してくれるようになります。それで本人さえも気づかなかった見え方の不自由さが明確になったということがたくさんありました。言葉にすることで初めて解決策も見えてきます。

大人は、自分の経験からくる考えや思い込みを、子どもに押し付け、自分の枠にはめようとします。それは子どもに良かれと思ってやったことでも、子どもの心を閉ざしてしまう結果になりかねません。だからこそ、子どもと同じ目線ですべてを受け入れて、子どものありのままの言葉を引き出すことが大切だと思います。目と耳の配慮は不十分です。今後も試行錯誤です。

子どもの教材は、見ることで精一杯なものより、楽しく興味を引き出せるものであってほしいと願っています。それが知ることの喜び、未来へ向かう夢、希望につながっていくと思います。

city
BUS
stop
佳

9

山口やよいさん

大切な出会い

いつも優しい言葉や笑顔で癒してくれる次男の陶志、親子でずっとあこがれていた高校生になりました。陶志自身、周りの方に助けてもらいながらの毎日ですが、できるだけ自分でできる最大限のことは、小さなことですが、やろうとしてくれます。ジュベール症候群（小脳虫部無形成）の難病を診断されています。発達遅滞、筋緊張低下、視覚障がい、腎機能障がいなどの症状がみられるといわれています。小さい頃は、今の陶志の姿を想像できなかったくらい、毎年ゆっくりですが、確実に成長してくれています。

陶志なりの自立に向けて、食事、着替え、排泄、入浴、勉強、会話、我慢することと、考えて行動すること、人への思いやり……小さな一つひとつの成長の積み重ねが、本人の自信にもつながっているようです。日々の陶志の努力に頭が下がります。

そして、今の成長した陶志の姿があるのは、15年間、家族の支えや学校生活、友だち、たくさんの方々との出会いがあったからだと痛感しています。

平成13年12月31日、陶志は生まれてきてくれました。同じ日、兄の温志は2歳のお誕生日を迎えました。兄弟揃って大晦日生まれ。ふたりとも朝方に生まれ、体重も一緒。不思議な感じがしました。毎年、その1年間の「まとめの日」にふたりそろって歳を重ねてくれています。我が家にとって大きな幸せを感じられる日です。

そんな温志と陶志の間に、もうひとり男の子を授かっていました。でも、妊娠16週でお腹の子が亡くなりました。それは私の生きてきた人生の中で最も悲しい出来事でした。だからこそ、陶志に障がいがあっても元気に生まれてきてくれたことがうれしかったです。

陶志は出産翌日、呼吸状態が良くないという理由でNICUのある病院へ転院することになりました。元旦で世間の人が初詣で賑わう通りを、陶志は父親に付き添ってもらいながら、救急車で運ばれていきました。その頃から何となく嫌な予感はしていましたが、たとえ障がいがあっても、生きて産まれてきてくれたのだから、それだけで十分でした。「当たり前の命なんてないね……」それはお腹の中で亡くなった子が教えてくれた、今でも決して忘れてはならない大切なことです。

転院先の病院は「肺に少し穴があいていたから、呼吸が速かったのだろう」という理由で、1週間後退院しました。入院中は私と病院が違ったので、一番大切な時期に、母親として母乳すら飲ませてあげられず、本当に辛かったです。

1カ月検診では特に異常なしと診断されましたが、2人目だったということもあり、育児していく中で「首が座らないなあ」「追視しないなあ」、わざと電気をつけたり消したり、「見えているのかなあ」といろいろなことが気になりだしました。結局、4カ月検診で引っかかり、その後、母子総合医療センターで検査をしてもらうと、小脳の一部で「虫部」という部分が空洞で産まれてきたことがわかりました。

成長の遅い理由がわかり、涙が出るというより、ホッとした気分になっていた気がします。これからどう育てていってあげたらいいのか？　先生に「短命の可能性もある……」と言われたけれど、気にしないと思い込もうとし、前向きに考えるしかありませんでした。

そんな中、堺市から、肢体不自由児施設の療育センターを紹介してもらいました。昔ながらの古い施設で、温かい雰囲気の素敵な世界でしたが、「ここに毎日通うのかな？」と、初めて見学に行ったときは衝動的でした。でも、入ると先生が「陶志君、お母さん、来てくれてありがとう。かわいい子やね～」と笑顔で迎えてくれました。明らかに見ただけで障がい児だとわかる陶志と外へ出ることが不安だった時期に、「かわいい」と言ってもらえたことが本当にうれしかったです。私と陶志の心の居場所ができた気がして、「子育て頑張れそう！」と勇気をもらえた瞬間でした。そして、生後9カ月から親子通園開始、病院の先生から「手術もできないから、早期から療育を受けることで他の脳が失った脳の機能を補っていくからね」と、言われた言葉が頭から離れませんでした。通園を休むと陶志の成長が止まる気がしたので、夜泣きがひどく2時間くらいしか眠れない日々でも、陶志と一緒に目をこすりながら、必死で通園しました。

陶志のことで小さい頃から一番気がかりだったのは、視力でした。小脳と視力のかかわりが大きいので、弱視で視野がとても狭いのが特徴です。PT・OT・STの訓練の先生方には、いろいろと目を使った訓練を取り入れてもらいながら、本来なら自然と身につけていくはずの「自分の足で歩いたり」「ものを見たり」そんな当たり前のことが難しい陶志に、体の動き、足の運び方、手の使い方、声の出し方、口から食べること、目の使い方、一つひとつを時間をかけて覚えさせてくださいました。保育の先生方には、名前を呼ばれて反応する小さなことから、愛情いっぱい接してもらい、たくさん抱きしめてもらい、できるようになったら笑顔いっぱい褒めてもらって、自信をつけることの大切さを教えてくださいました。毎日、笑顔で楽しそうに過ごしている陶志の姿を見て「幸せ者だな」と思えるようになってきました。

年少クラスの頃から、療育園がお休みの水曜日には、『希望教室（視覚障がい乳幼児教室）』に通うようになり、「盲学校」という存在が気になるようになってきました。そして、年中クラスになってからは、週末（木・金）は盲学校幼稚部への通園を開始、療育園と盲学校の併行通園が始まりました。その頃から、「盲学校には小学部もあるんだ」と意識するようになり、2年後の就学についても考えるようになってきました。年長クラスの冬、3人目の妊娠がわかったとき、いろんな思いがあって悩んでいたら、「もう産んでもいいよ」と言ってくれているかのように、ひとりで歩くことができるようになり、何でも「自分でする」という姿が増えてきました。無事に妹が生まれてきてくれてからは、今も変わらず陶志なりに面倒を見てくれたり、優しくおもしろいお兄ちゃんをしてくれたりしています。

併行通園は本当に大変でしたが、世界が広がると出会いも広がることに気づき、一年一年を大切に過ごしてきました。陶志のためにできることはすべて挑戦させてあげたくて、小さい頃から音楽療法やピアノ教室、障がい者スポーツセンターのスイミング教室に行き、今も続けています。視覚障がい児のために絵本を……と活動してくださっていた「わんぱく文庫」。陶志にとっても私にとっても、一つひとつの素敵な出会いが成長につながっていると思っています。

小学部になってからは、地域の同年代の子どもたちとかかわる居場所ができました。二つ年上の兄の小学校内での堺市の学童保育です。「陶志君もおいでよ」と学童の主任の先生が声をかけてくださいました。盲学校に通学しているので地域の同年代の子どもたちと一緒に過ごすことは難しいと思っていたので、不安ながらもとても有り難い出来事でした。もちろん他校ということ、障がい児だということで、加配児童になるためスムーズに入ることはできませんでしたが、放課後に地域の小学校の学童で過ごすことができるようになりました。母として、兄と同じ小学校内で放課後だけでも兄弟一緒の部屋で過ごしていることが嬉しく、夢のようでした。地域の同年代、大人数との交流は、やはりとても刺激的で大きな成長につながりました。学童に入らせてもらえたことで、スクールバスまでのお迎えも指導員の方が行ってくださり、私も少しずつ子離れすることができました。周りの方々に頼ることで、自分の時間ができ、仕事へ行くこともできるようになり、子育ての気持ちの安定にもつながるようになりました。小学部時代も毎年少しずつですが、小さな成長を積み重ね、学習面でも計算ができるようになるなど、思っていた以上の成長を学校生活の中で身につけることができました。日々のたくさんの方々との会話のおかげで、コミュニケーション能力もとても上がった気がします。

中学部になり、心配していた身長も急に伸びだしたり声変わりしたり、受け身だったはずの性格が学校で自分の意見を言うようになったり、自分で時間の配分を考えられるようになったりしました。感情面でも、中学生の男の子らしい姿が増え、嬉しい心の成長がたくさん芽生えてきました。クラブ活動も始まって活動の幅が広がり、体格がしっかりしてきました。学習面では、拡大文字を読み、平仮名と片仮名、小学1年生程度の漢字を書くようになりました。同時にパソコン学習も授業の中で取り入れていただき、陶志自身もパソコン操作を理解できたことで自信をつけていきました。もっとできるようになって友だちや先生や家族とメールをやり取りしたいと嬉しそうでした。陶志がパソコンを操作して文章を打ったり、テストを音声パソコンで受けたりするようになるとは夢にも思っていなかったので、将来に向けてまたひとつ楽しみが広がり、嬉しい有り難い成長でした。

中学生になってからは、クラブ活動日以外の日は、放課後等デイサービスで過ごしています。日々たくさんの方々に支えていただきながら、陶志にとって学校以外にも大好きな居場所ができたことは、今の時代の有り難い流れだと思っています。

高等部への受験……同じ校内ですが、本人は願書を取りに行くのもすごく緊張したそうです。面接の練習を先生方にしてもらいながら、高等部受験当日を迎えました。いつもの慣れた学校ですが、外部からの受験生もいて独特の雰囲気があり、陶志もすごく緊張していました。受付のあと、幼稚部時代からお世話になっている先生が私の方へ来て、「お母さん、本当にがんばったね……こんなに大きくなって……すごく成長したね」と、言ってくださいました。胸がとても熱くなり、涙がこみ上げてきました。たくさんの素敵な先生方に支えていただいているおかげで、私は精神的にも助けてもらっています。音声パソコンを使っての受験、中学部時代のクラスの仲間3人で緊張感のある中、試験を受けました。終わってからクラスの保護者の方々と3人の様子を見に行くと、「テスト難しかったな。時間ギリギリやったな。合格できるかな、やばいな」と話していました。母親たちは吹き出しそうになりましたが、こうして無事に高等部受験日を迎えることができ、兄の高校受験と同じような緊張感を味わったことに感無量でした。数日後、定刻の合格発表。自分の番号を確認し、「わぁ〜、3番あった。やったー、高等部に行ける〜」と回転して大喜びしていました。

高等部になり、いろいろな場面で義務教育ではない自由の良さを感じながら、学習面でもさらにいろいろな知識を身につけ、パソコン操作もレベルアップさせてもらっています。体力面でも体育の授業を通して鍛えてもらっています。陶志が詩を考えることが得意であることから、俳句の授業も取り入れてもらっています。白杖を使っての単独歩行の練習を、校外に出て行うなど、自立に向けて大切なことをたくさん学んでいっています。

クラブ活動も、野球部（グランドソフトボール部）、卓球部（サウンドテーブルテニス部）、家庭科部、ダンス&ミュージック部に入部しています。先日は野球部の試合にチームの一員として参加しました。初めての陶志の野球のユニフォーム姿は、兄の野球部の姿同様、とても嬉しかったです。まさか、陶志のユニフォームを洗濯できる日が来るなんて……、涙が出る思いでした。重複障がいのある陶志でも背番号をもらえ、チームの一員として参加させてもらいました。試合前の円陣では、みんな下を向いて声を出して集中します。そのなか、ひとり空を向いて頭を上げたまま、声を出して気合を入れていました。逆に目立ってしまいます。ベンチスタートで残念そうにしている姿も笑ってしまいます。途中、代打で指名してもらい、バットを嬉しそうに素振りして準備していました。バッターボックスに立ち、打つ気満々でしたが、やっぱりアウトになり本人は悔しそうです。もっと練習をがんばって、活躍できるようになりたいと言っていました。高等部での学校生活も、とても充実していて楽しそうです。いろいろな場面での一つひとつの有り難い経験が、日々の成長につながっています。

小さい頃、療育園時代に看護師の先生から言ってもらった言葉が心に残っています。

「子育て、がんばらなくていいからね」

まだ、口から食べることも難しかった頃、どう育てていったらいいのか不安だった頃、すごく気持ちが楽になった助言です。

幼稚部のとき、気持ちがしんどいときに仲良しのお母さんとお話しした会話です。

「毎日、障がいをもつ子どもを連れていると、どこへ行っても振り返ってジロジロみられる上に、すみません……、ありがとうございます……、と頭を下げてばっかり。疲れるね」

弱音を吐いていた時期ももちろんありました。

1カ月後、半年後の陶志の姿が想像できない日々、必死に子育てしていく中で、陶志の小さな成長にみんなで大喜びして、涙して、笑った一つひとつが私にとっての心の支えでした。陶志には「できて当たり前」ということがどんなにすごいことなのかをいつも教えてもらっているので、普段の生活のほんの小さなことにも

「ありがとう」という気持ちを感じるようになりました。この１５年間は、陶志にとっても私にとっても、たくさんの方々の優しさに甘えながら共に成長できた、とても大切な時間となりました。感謝の気持ちでいっぱいです。陶志のおかげで家族が仲良く団結し、笑顔で過ごすことができていることを何より幸せに思います。いつもさりげなく陶志をフォローしてくれている兄妹も、人の気持ちがわかる優しい子に成長してくれています。私や主人を親として選んでくれた陶志を、これからも大切に見守り支え続けたいと思います。高等部卒業後の陶志が、変わらず笑顔で過ごせる

居場所を見つけてあげることが、母として今後の一番大きな課題です。

産まれてくる子どもは健康であってほしい……親として当然の願いです。けれども、病気や障がいを持って産まれてくる子どもたちも、きっとみんな意味があり、不自由を感じることの多い体を選ぶことで、この世の中で、できる限り多くのことを学びたいと望んでいるのかなと思います。障がいを持った子どもたちは心がとてもきれいで、いつも私たちに大切なことを教えてくれています。障がい児のいる家庭は大変なことも多いですが、幸せだと感じることも多いです。

佳

あとがき

「この子は、私の顔が見えない」「こんなきれいな景色が見えない」子どもの障がいがわかったとき、こんな思いがあふれてきた。「もう、楽しいことなんかない」「笑うこともない……」ずっとそう思っていた……。

あいあい教室に初めて相談に来られた、あるご家族の言葉です。泣きながらつらい気持ちを話すお母さん、どうしたらいいのかわからずに次々と質問をしてくるお父さん。悲しい思い、将来への不安など、小さいお子さんを抱えながら、さまざまな思いが交錯します。

今回、全国から、見えない・見えにくい子どもたちを育てる9名のご家族の方が、貴重な体験談をお寄せくださいました。お子さんと、ともに生きていくご家族の経験や思いが、とても力強く、そして優しいメッセージとして響いてきます。お忙しい中、原稿をお寄せくださった皆さま、本当にどうもありがとうございました。そして、気持ちのほっとする温かいイラストを描いてくださったのは、今、京都ライトハウスでお仕事をされている、あいあい教室卒園の方々です。どうもありがとうございました。

実は今回の本に仕上がるまでに、気づけば3年ほどの月日が流れてしまったことを、執筆された皆さまや本の発行を心待ちにしておられた皆さまに、まず深くお詫びしなければなりません。こちらの不手際で長い期間お待たせする形になってしまいましたこと、大変申し訳ありませんでした。

視覚障がいのお子さんは、出生率の低さからとても数が少なく、全国には同じような状況の子どもやご家族になかなか出会えない現状を、よくお聞きします。今回、見えない・見えにくいお子さんを実際に育ててこられたご家族と、これから子育てをはじめていくご家族の皆さまに、この本を通じて出会っていただけるお手伝いいができたことを、とてもうれしく思っています。ひとりでも多くの方が希望を持って前に進むきっかけになれば……と、願っています。

子育ては家族だけが頑張るものではありません。そこには周囲の理解が必要です。私たちは、見えない・見えにくいお子さんやご家族と一緒に、医療・福祉・教育など、さまざまな支援をする方々とをつなげていく仕事ができたら……と思っています。この本は、きっと大きな役割を果たしてくれることでしょう。私たちの思いが皆さまに届きますように。今後とも、ご支援のほど、どうぞよろしくお願いいたします。

2020年12月1日

視覚障がい乳幼児研究会　事務局

京都ライトハウス　あいあい教室　古川千鶴

カバー絵◎東野　佳月子（ひがしの　かづこ）

第一次硝子体過形成遺残（PHPV）による弱視。京都ライトハウスあいあい教室を卒園。成安造形大学卒業後、絵画教室や作家活動の傍ら保育士資格を取得し、あいあい教室にてボランティア。現在は、あいあい教室に勤務。保護者支援を担当している。

本文挿絵◎山﨑　佳子（やまざき　よしこ）

先天性白内障による弱視。京都ライトハウスあいあい教室卒園。嵯峨美術短期大学（美術教職課程履修）卒業。現在は、京都ライトハウス就労支援事業所「FSトモニー」で、冊子やカレンダーなど出版物のカット・イラストを手掛けている。

監修◎視覚障がい乳幼児研究会

視覚障がいをもつ乳幼児やその親御さん、関係するさまざまな機関の方々にとって有効に活用しうる研究を主とし、研究会、講演会、調査等の事業を行っています。詳しくはホームページをご覧ください。**ホームページは「視覚障がい乳幼児研究会」で検索**できます。

あゆみ

――見えない・見えにくい子どもたちを育てる方へのメッセージ

二〇二一年三月一〇日 第一版 第一刷

監修 視覚障がい乳幼児研究会
発行所 有限会社二瓶社
TEL 〇三―四五三一―九七六六
FAX 〇三―六七四五―八〇六六
郵便振替 〇〇九九〇―六―一一〇三一四
e-mail: info@niheisha.co.jp

印刷製本 亜細亜印刷株式会社
装幀 株式会社クリエイティブ・コンセプト
装画 shutterstock

Printed in Japan
ISBN 978-4-86108-088-3 C0037